AF415283

Du même auteur

Toccata, Op der Lay, 2007

De Profundis, Op der Lay, 2009

In Articulo Mortis, Guy Binsfeld, 2011

Les corbeaux de Greenwood, Guy Binsfeld, 2012

Luxembourg Zone rouge, Op der Lay, 2019

Le réseau Raspoutine, pierre-decock.com, 2020

Victor, Crime.lu, 2023

Lea m'attendra, Crime.lu, 2023

Le moine à la boucle d'oreille, Crime.lu, 2023

UN SI GENTIL VOISIN

PIERRE DECOCK

Éditions Crime.lu
        Baobab Luxembourg sàrl.
        9, rue Nic Wirtgen
        L-8338 Olm
www.crime.lu
www.pierre-decock.com

Des licences d'utilisation de droits d'auteur peuvent être obtenues au-près de luxorr sur *www.luxorr.lu*.
Tous les contenus de cet ouvrage ont été vérifiés pour les droits d'auteur au mieux des connaissances et convictions. Toutefois, si des droits ont été violés sans le savoir, l'éditeur demande au titulaire du droit d'auteur de le contacter pour clarification.

Publié avec le soutien du Fonds culturel national, Luxembourg.

Malgré le réalisme de ce récit, ce que vous allez lire est une œuvre de fiction. Toute ressemblance avec des personnes existantes ou ayant existé serait totalement fortuite. Libre à vous d'imaginer le contraire.

IL Y A DEUX MOIS...

Je suis désolé, Herman, mais nous allons devoir nous séparer.

– Nous séparer, Markus ? Comment ça ?

Il prend son petit air supérieur.

– Le contexte économique nous oblige tous à faire des sacrifices. Je me vois contraint de te licencier.

J'ai dû mal comprendre. Je répète bêtement...

– Me licencier ?

– Oui. Désolé.

Là, j'hallucine.

– Tu me vires ? À cinquante piges ? Tu imagines dans quelle merde tu me mets ?

D'un vague geste de la main, il balaie l'air, comme s'il se débarrassait de quelque poussière gênante.

– Moi aussi, je suis dans la merde si je ne clôture pas l'année avec un peu de vert dans mes comptes. Et pour l'instant, Herman, c'est la cata.

– Si c'est le contexte économique comme tu dis, pourquoi ne vires-tu pas plutôt ce glandeur de Français que tu m'as mis dans les pattes ?

– Je dois faire des choix.

– Des choix ?

Le voilà qui fronce les sourcils.

– Ton fils travaille à l'étranger, non ?

– Oui. Aux États-Unis.

– Et ta femme est décédée.

– Et alors ?

– Tu n'as plus de charge de famille. C'est moins grave.

– Moins grave pour qui ?

Gros soupir de ce faux jeton.

– Tu m'as bien compris, mon vieux. Et je ne fais pas ça de gaieté de cœur. Quant au Français, si tu veux tout savoir, je le garde non pas parce qu'il va reprendre ton job, mais parce qu'il me coûte moins cher, et parce que lui, il ne me pompe pas l'air en permanence.

– Je te pompe l'air ? Moi ?

– Allons, Herman, reconnais-le, tu as une fameuse grande gueule. Et à la longue, ça fatigue.

– Ma grande gueule, Markus, elle t'a déjà sauvé les fesses à plusieurs reprises. Tu étais bien content que je l'ouvre, ma grande gueule, quand les mecs du stockage ont menacé de faire grève, ou quand la commune a voulu nous faire fermer l'unité 2 ; peut-être aussi quand j'ai baratiné les auditeurs qui voulaient mettre leur nez où il ne fallait pas !

J'ai tapé là où ça fait mal. Je le vois qui perd de sa belle assurance et ce sale hypocrite prend un petit air malheureux.

– Écoute, c'est vrai, tu étais sans doute un bon élément, alors ne rendons pas les choses plus désagréables qu'elles ne doivent l'être.

– Ah bon ? Et tu proposes quoi... à part me jeter comme un vieux kleenex ?

– Tu as droit à six mois de préavis, je t'offre aussi un an de salaire. On te paiera également les congés que tu n'as pas pris. Tout ça mis ensemble, tu dois pouvoir tenir un bon moment.

– Et la voiture ?

– Le leasing de ton Audi est presque terminé. Je la mettrai à ton nom.

Je n'ai pas dit merci. Et quoi encore ?

Je me suis levé.

J'ai quitté son bureau.

Au placard les petits vieux ! Vieux, je le suis même pas. Cinquante ans, c'est pas vieux. C'est juste un peu moins jeune.

Vingt berges que je travaillais dans cette boîte. Une grande histoire d'amour, Logistix S.A. On était une famille qu'ils disaient. Tu parles. Me voilà comme le mari qui découvre subitement que sa femme le trompe. Et vlan ! À la rue ! Herman, tu peux garder la voiture. Moi, je garde la maison, les gosses, le chien, le bateau, le home cinéma et tout le reste.

Quand je suis revenu dans mon service, j'ai eu droit à des regards gênés. Tout le monde était déjà au courant. Il n'y a pas eu de verre d'adieu. Alors que je vidais mes tiroirs, seule Céline, mon assistante, est passée me voir, la larme à l'œil, disant qu'elle me regretterait, que sans moi la vie dans l'entreprise ne serait plus comme avant, etc., etc.

J'ai promis de la rappeler. Un de ces jours. Je ne l'ai pas encore fait.

Depuis, un ex-collègue de la compta m'a contacté à plusieurs reprises, histoire d'aller prendre un verre, ou de se faire un petit resto.

J'ai décliné.

La vérité, c'est que je n'ai plus envie d'entendre parler de cette boîte de merde. De boulot non plus, d'ailleurs. Vacciné, que je suis.

Il faudra pourtant bien que je m'y remette un jour.

Mais plus tard.
Le plus tard possible.

MARDI

I.

Encore une journée toute vide. Ou presque.

J'ai passé l'aspirateur.

Arrosé mes plantes vertes.

Rangé mon atelier.

Lancé une lessive.

Là, je fais une pause.

Assis seul dans la cuisine, je réalise une fois de plus à quel point je suis seul. Ma femme plus là, la baraque est comme une grande coquille vide.

Quand je travaillais, j'avais pas le temps de réaliser. Je rentrais tard le soir, claqué ; je piochais un truc nul dans ma collection de DVD et je m'endormais en le regardant ; le week-end, c'étaient les courses, le ménage, le jardin ; et pour mes congés, quand je les prenais, je filais voir Joe aux States.

Maintenant, je suis toute la sainte journée dans cette grande bicoque, pleine de silence. Je me surprends à guetter le moindre bruit, comme si j'espérais encore entendre les pas de ma femme dans l'escalier. Mais non, rien. Le calme d'un musée de province après l'heure de fermeture. Une fois la nuit tombée, par contre, je perçois bien des sons étranges. Le murmure de l'eau dans les radiateurs, les solives du grenier qui s'étirent et qui craquent, les lames du parquet du salon qui jouent entre elles. La maison alors revit... Je m'en rends compte seulement maintenant : depuis que mon épouse n'est plus là, c'est un peu comme si, la nuit, notre logis se plaignait de son absence.

Mais la nuit, hélas, est encore loin ! Il n'est que dix-sept heures et l'aiguille des secondes de l'horloge se traîne lamentablement.

Je me fais un café. Ça me remettra d'aplomb. Peut-être.

« Bzzz ». Une grosse mouche bleue se promène sur le châssis de la fenêtre. De temps à autre, elle s'envole et tambourine lourdement contre la vitre. Elle s'entête, pataude, contre cet obstacle invisible. Puis, fatiguée, elle retombe sur l'appui de fenêtre avant de repartir errer dans l'air de la cuisine. Prisonniers de cette villa autrefois pleine de vie, nous avons, la mouche et moi, quelque chose en commun. Me voilà comme elle, incapable de sortir de ce sinistre castel, me heurtant impuissant aux portes et fenêtres, infoutu de bouger mon cul de ce fauteuil et de mettre mon nez dehors. Alors pour ce qui est de reprendre un travail, pensez donc...

Mon café est trop chaud. Je souffle dessus, puis le bois à petites gorgées. Mon regard erre distraitement sur les murs de la cuisine. La mouche a disparu. Quelque part. Sur le tableau magnétique, il y a une liste de courses d'il y a trois ans, que je n'ai pas eu le cœur de jeter. Une liste rédigée de la belle écriture de ma femme. Il y a aussi un dessin : ma maison, grande comme une église, avec moi, encore plus grand. C'est Sofia qui me l'a offert. Elle a sept ans. C'est la fille des voisins. Ils sont tout le temps occupés avec leur commerce. Alors, la petite s'ennuie et passe me voir souvent.

Ça remonte à l'été dernier, quand je l'ai surprise dans mon jardin, occupée à sautiller sous le cerisier pour attraper des fruits.

Elle a eu peur de se faire engueuler.

Pourquoi je ferais ça ?

Je suis allé lui chercher un seau et la petite échelle.

Elle s'est mise à remplir le seau. Ça n'allait pas vite, vu qu'elle s'enfilait une cerise sur deux.

– Tu veux faire quoi plus tard ? que je lui ai demandé.

– Je veux être coiffeuse (elle hésite), ou avocate.

Curieux comme alternative. C'est vrai que dans les deux cas, il s'agit de sauver la tête de ses clients.

– Pourquoi coiffeuse ? Et pourquoi avocate ?

Elle m'a fixé de ses petits yeux noisette, comme si je venais de lui poser une question complètement stupide.

– Ben, maman a une amie qui est coiffeuse. Elle sent bon et connaît plein de gens.

– Oui forcément... et avocate ?

Elle a recraché un noyau de cerise.

– Ben, on gagne plein d'argent et on a une grande maison. C'est papa qui me l'a dit.

« On gagne plein d'argent ». J'ai vachement réfléchi avant de répondre, histoire de ne pas briser ce doux rêve d'enfant.

– Tu sais, tu as encore du temps pour te décider entre les deux. Et d'ailleurs il y a pas mal d'autres métiers très bien : médecin, informaticien, professeur, ministre !

– Oui, mais moi, je veux un vrai métier, je veux être coiffeuse ou avocate.

Il faut pas trop contrarier les enfants. D'ailleurs, moi-même je voulais à son âge être pompier ou superhéros... alors.

– Et comment ça va à l'école ?

– Plus ou moins.

Quand un gosse vous dit ça, c'est que ça va pas bien du tout !

– Bon, si t'as besoin d'un coup de main, tu peux toujours me demander. Les problèmes d'école, je connais. Mon gamin était dans la même école que toi, et c'est moi qui l'aidais.

– C'est quoi qu'il fait comme métier ?

– C'est un peu difficile à expliquer, mais il est très content. Il travaille en Amérique.

– Bon alors, je vais venir, a-t-elle fait.

Et elle a continué à se gaver de cerises.

Depuis septembre dernier, elle vient donc me rendre visite, ses livres et ses cahiers sous le bras. Et c'est pas le boulot qui manque. Non seulement elle est dyslexique, mais en plus, à la maison, ils ne parlent que le portugais. Du coup, ce mélange à l'école du luxembourgeois, du français, et de l'allemand, ça achève de l'enfoncer. Heureusement qu'elle en veut, la petite. À propos, je ne l'ai pas encore vue cette semaine. Bizarre. Elle vient pourtant toujours les mardis.

Bon, ben tant pis ! Ça me fera des vacances... et du taf en plus jeudi prochain. Je me sers un deuxième café quand retentit le carillon de la porte d'entrée.

Ma tasse m'échappe et retombe en recrachant sur la table un jet de liquide noir.

J'attends personne. Qui ose ?

Le carillon retentit à nouveau. Le facteur ? Amazon ? Le bouquin que j'ai commandé ne doit pourtant arriver que la semaine prochaine. Je rechausse mes savates et pars dans le couloir en traînant les pieds. Au travers de la vitre en verre martelé, je devine des silhouettes. J'ouvre le carreau. Deux gars avec une gueule de croque-mort. L'un, grand, blond comme les blés, les yeux bleus, une tête de jeune premier. L'autre, plus petit, renfrogné, une barbe noire taillée de près, d'épais sourcils qui surmontent de petits yeux de fouine.

C'est qui ces mecs ?

– Monsieur Steiner ?

– Oui ?

– Police judiciaire. Nous aimerions vous parler.

On ne me la fait pas.

– Vous avez une carte, un badge, un truc dans le genre ?

De mauvaise grâce, ils me collent tous les deux sous le nez une carte barrée du ruban tricolore. Jean Majerus, Mike Schmitt.

Jean Majerus, maintenant, je le reconnais. Sa tête me disait quelque chose. Il était au judo avec mon fils. C'était pas une lumière.

– Bon. Entrez.

Je les fais asseoir au salon. Qu'est-ce qu'ils me veulent ces deux types ?

– Vous connaissez Sofia Da Silva ?

Sofia ?

– La petite d'en face ? Oui, bien sûr.

– Quand l'avez-vous vue la dernière fois ?

– Vendredi. En fin de journée.

– Et vous avez fait quoi ?

Je me creuse les méninges.

– On a révisé sa leçon d'allemand. Le vocabulaire. Puis, on a fait des exercices de calcul. Vous contrôlez les devoirs à domicile ?

Le type ne réagit pas. On n'aime pas l'humour dans la police.

– Et hier, lundi, vous avez fait quoi avec elle ?

– Vendredi que je l'ai vue, je vous dis. Et pas hier. Mais pourquoi toutes ces questions ?

– On ne peut rien vous dire pour le moment.

Monsieur joue les mystérieux. Il regarde son collègue d'un air entendu, puis tous deux se lèvent.

– Ça vous ennuie si on fait un petit tour ?

– Un petit tour ?

– Une petite visite de la maison.

Ben voyons.

– Elle n'est pas à vendre… Mais si vous y tenez, allons-y.

Je suppose que ces deux gus n'ont pas de mandat, mais inutile de chercher les ennuis. D'ailleurs, puisqu'ils veulent une visite, je vais leur faire la totale.

On commence par les caves.

Majerus parcourt du regard mon atelier, mes outils, mes étagères à provisions, les instruments de jardinage. Tout est nickel chrome. Ma femme a horreur quand je laisse mes petites affaires en désordre.

Au rez-de-chaussée. Là aussi, c'est tout beau tout propre. Le collègue de Majerus ouvre l'armoire du hall. Ce sont les vestes et les manteaux de ma femme, mon pardessus et mes blousons en cuir. Pas de cadavre dans les placards.

Au premier étage. Deux chambres, la mienne et celle de Joe.

On commence par la mienne. La nôtre, devrais-je dire. J'aime pas trop que mes deux olibrius viennent y mettre les pieds et touchent à tout avec leurs sales pattes. C'est que je viens de ranger. En fait, moi, je dors maintenant sur le canapé du salon, mais régulièrement, je viens aérer la chambre, retendre les draps et la couette, passer l'aspirateur, lustrer les marbres de la coiffeuse et des tables de nuit. J'aime que tout reste en l'état. Les motifs du papier peint et des tentures ont pâli, la moquette est un peu déplumée, le plafond jauni, mais je n'ai pas le cœur de renouveler la déco de cette pièce. J'ai toujours connu notre chambre ainsi, et elle le restera, avec ces couleurs un peu passées, ce rai de lumière qui joue le matin sur le couvre-lit et ce subtil parfum que m'a laissé ma femme et qui flotte encore dans l'air. Parfois, je passe dans le corridor et par la porte entrouverte, j'espère encore la voir, assise dans le lit, le dos calé dans les oreillers, le plateau-repas posé sur ses genoux. Là, paisible, un triste sourire sur les lèvres, comme lors des derniers jours, avant qu'elle parte en clinique.

– Vous m'écoutez, monsieur Steiner ?

– Comment ?

– Je vous demandais si vous étiez marié.

– Ma femme est décédée.

– Désolé.

En fait, il s'en fiche.

L'un des argousins se penche pour regarder sous le lit, l'autre fourre son nez dans la garde-robe.

Puis ces deux fouines passent dans la chambre d'à côté. Ils y découvrent les murs couverts de posters de judo, les étagères avec les coupes des compètes que Joe a remportées.

– C'est la chambre de qui ?

– De mon fils.

Il tique. Pas sûr que le judo lui ait laissé de bons souvenirs.

– Votre fils ne vit plus avec vous ?

– Non.

– Il est où ?

– Aux États-Unis.

– Et le grenier.

– Y a pas de grenier. C'est un vide technique.

– On peut quand même voir ?

Je lui ouvre la trappe. Il jette un œil.

– Y a rien.

– Je vous avais prévenus.

Il frotte la poussière laissée sur les manches de sa veste et, à la queue leu leu, on redescend au rez-de-chaussée.

Ces messieurs font leurs adieux. Fort civils.

– Merci de nous avoir reçus.

– Ce fut un plaisir.

– Il serait souhaitable que vous ne quittiez pas le Luxembourg.

Quand on dit à un Français de ne pas quitter le territoire, cela lui laisse plus de 600 000 kilomètres carrés pour se balader. Pour un Luxembourgeois, c'est même pas 3 000. S'il trébuche en se promenant, paf, il est dans le pays voisin et dans l'illégalité la plus totale. L'injustice !

– On me soupçonne de quoi ?

– De rien. Pour le moment.

Je les regarde qui regagnent leur voiture. Les portières claquent. Ils s'éloignent.

Madame Da Silva est elle aussi sur le pas de sa porte. Une gentille petite dame, pétillante. Mais là, elle tire la gueule.

Je traverse la rue et la rejoins.

– Qu'est-ce qui se passe avec Sofia ? Ils n'ont rien voulu m'expliquer.

– Elle a disparu.

– Disparu ?

Elle sort son mouchoir, hoquette, bégaie, puis, paf, elle éclate en sanglots. Entre deux gémissements, elle tente de m'expliquer.

– Depuis... Depuis lundi soir. Je croyais qu'elle passait la nuit chez son amie Naomi. Elle le fait parfois. Mais ce matin, l'école a téléphoné pour savoir pourquoi elle était absente. J'ai contacté la mère de Naomi. Sofia n'est jamais venue chez elle. Alors on a appelé les flics.

Les femmes qui pleurent, ça m'a toujours désemparé. Je dois faire quoi ? La prendre dans mes bras ? Je m'en tire sans gloire en appelant à l'aide.

– Euh... Votre mari n'est pas là ?

– Il est au magasin. On ne peut pas se permettre de fermer.

Business, business...

Ma voisine ravale ses larmes, puis se tortille les doigts, l'air confus.

– La police a dit qu'ils allaient vous interroger.

– Ils l'ont fait. C'est les deux zigues qui viennent de partir.

– Ils ont dit que vous saviez peut-être quelque chose. Vu qu'elle va souvent chez vous.

– Si c'était le cas, je le leur aurais dit.

Madame Da Silva me regarde d'un drôle d'air. Elle s'imagine quand même pas que j'aurais pu faire du mal à sa fille ? On peut avoir cinquante balais et faire de l'aide aux devoirs sans être nécessairement pédophile.

Je rentre chez moi un peu troublé. Mon café a eu tout le temps de refroidir. Cette histoire avec Sofia me chiffonne. Et d'ailleurs, c'est quoi ces parents qui laissent leur gosse découcher sans trop se poser de questions ? De la part des Da Silva, ça ne m'étonne qu'à moitié. Ces gens ont le commerce dans le sang et, malheureusement pour leur fille, ces petites contingences éducatives domestiques passent en second.

Je m'installe au salon. Le volet est à moitié baissé, il fait frais, j'ai besoin de réfléchir. Il faut que je parle de tout ça à ma femme. Un peu partout dans la maison, il y a sa photo. Ça me permet de continuer à causer avec mon épouse quand bon me semble. Et ce qui est bien maintenant dans nos discussions, c'est qu'elle est moins contrariante qu'avant. Puis, c'est idiot, mais de lui parler, cela m'oblige à réfléchir, à me poser les bonnes questions. Son regard parfois me dit des choses. Ici, depuis sa photo noir et blanc posée sur le buffet, elle me souffle que Sofia n'a pas fugué.

— Qu'est-ce qui te fait dire ça ?

— Une fillette de huit ans qui a des parents plus ou moins normaux ne fugue pas.

— Sans doute.

— D'ailleurs s'est-elle jamais plainte de ses parents ?

— Non jamais. Enfin, pas vraiment. Elle regrette seulement qu'ils soient trop souvent absents.

— Et s'il y avait eu un vrai problème avec eux, quelle est la première personne chez qui elle se serait réfugiée ?

– Chez sa copine Naomi ?
– Réfléchis mieux.
– Chez moi ?
– Voilà !
Décidément, ma femme a toujours raison.

II.

Le soir par curiosité, je regarde RTL. Des fois que. Ben oui. Je ne dois pas attendre longtemps.

Dès l'intro du journal, il y a à l'écran deux photos de la petite Sofia. Sur l'une, elle est avec le sweat qu'elle met souvent pour aller à l'école. L'autre photo, c'est moi qui l'ai prise. C'était l'été dernier dans le jardin. La photo était tellement réussie que je l'avais encadrée et offerte à mes voisins. Sur ce, le présentateur de RTL, insensible à mes talents de portraitiste, se contente de réciter un communiqué de la police, précisant que cette petite a disparu le lundi vers seize heures et que toute personne qui détiendrait des informations est priée de contacter les autorités.

Fin du communiqué. La rédaction préfère ensuite s'intéresser à une histoire débile de permis de construire dont se serait dispensé un responsable politique. Je n'écoute pas. L'image de la petite Sofia assise sous le cerisier me revient sans cesse.

J'ai ouvert le buffet du salon et sorti la bouteille d'Hendrick's gin.

Je bois. Oui. Mais c'est sous contrôle. Je me sers un verre, je peux. On est un jour pair. J'ai les jours avec alcool et les jours sans. D'ailleurs quand j'abuse, depuis sa photo, ma femme me fait la gueule.

Pourtant, il me faudra probablement un deuxième gin pour apaiser la contrariété qui me ronge. La contrariété et la colère aussi. Si c'est vrai qu'on l'a enlevée, c'est vraiment dégueu. Comment peut-on vouloir du mal à une aussi gentille gamine ?

MERCREDI.

I.

Les flics sont de retour.

Je devine leurs deux bonnes gueules derrière la vitre de la porte d'entrée... À part les témoins de Jéhovah, il n'y a qu'eux pour se présenter en couple à des heures indues. J'ouvre... Jean Majerus et son pote.

– Je dois vous montrer ma carte ?

– Inutile, maintenant on se connaît. Surtout toi, Jean.

Il s'étonne.

– Oui, le judo. Echternach. Joe, mon fils, il y était avec toi.

– Ah.

– Entrez.

Ils s'installent face à moi sur le divan du salon. Depuis qu'il m'a reconnu, Jean Majerus est moins à l'aise. Il se souvient certainement des raclées que lui filait mon fiston.

– Vous rappelez-vous ce que vous faisiez lundi dernier dans l'après-midi ?

– Évidemment, c'était il y a deux jours. Je ne suis pas encore sénile.

– Je vous écoute.

– J'ai déjeuné vers 13 heures en regardant le journal télévisé de France 2. À quatorze heures, je suis parti faire des achats à Junglinster, au Langwies. À 15 heures 30, j'étais de retour, car j'avais rendez-vous chez mon kiné.

– Qui est… ?

– Fabry. Il a son cabinet plus loin dans la rue. J'y suis resté jusque 16 heures 30.

– Donc, vers 16 heures, vous étiez chez votre kinésithérapeute.

– Je viens de vous le dire.

– À part votre Audi qui est parquée devant la maison, vous disposez d'un autre véhicule ?

– Un vélo.

Ils se regardent, perplexes, puis se lèvent.

– Bien, nous vous remercions. Il serait souhaitable que…

– … que je ne quitte pas le Luxembourg. Je sais.

Je les ai sentis perplexes, mal à l'aise, pour ne pas dire déçus. Un coupable comme moi, c'était du tout cuit. Monsieur tout seul, qui invite une petite fille à la maison. Est-ce à cause de mon rendez-vous chez le kiné ou de ma bagnole, mais apparemment, je fais de moins en moins l'affaire.

J'ai soulevé le rideau du salon pour les regarder partir. Histoire d'être sûr qu'ils étaient loin et qu'on me foute la paix avec cette histoire.

Enfin seul.

Certains pensent sans doute que ça me fait chier d'être au chômedu, avec rien d'autre à faire que de tourner en rond dans ma cuisine.

Dans le fond, je suis très bien comme ça, à l'abri de ce chaos qui règne dehors. Tous les jours, se déversent sur RTL des tas d'infos qui me prouvent que j'ai bien raison de ne pas mettre le nez en rue : hier, à 17 heures, un homme s'est fait agresser par trois jeunes gens qui lui ont volé son téléphone portable, sa montre et sa carte de fidélité du Cactus ; à 18 heures 30, une station-service s'est fait braquer la recette du jour, plus huit bouteilles d'alcool et une collection complète de cartes Pokémon ; ce matin même une petite vieille qui promenait son chien dans le parc s'est fait arracher son sac. Comme elle tentait de se défendre à coups de *Präbbeli* [1], elle a été bousculée et s'est cassé la clavicule. Poursuivi par le chien de la dame, le malandrin a disparu avec son butin. Il court toujours. La police lance un appel à toute personne qui pourrait contribuer à retrouver l'individu, le sac, et éventuellement le chien.

Non. Dehors, c'est la jungle. Je reste chez moi.

Agoraphobe, vous avez dit ?

Même pas. Quand il faut sortir, je sors, mais tous ces gens qui se bousculent sur les trottoirs de la capitale ou qui s'entassent dans les magasins m'emmerdent, c'est tout. Alors pour ce qui est de retourner bosser, je vous dis pas !

Je me sers un verre de gin. On n'est pas un jour pair, mais tant pis. J'ai des excuses. Je fais tourner mon gin dans le verre avant d'en boire une petite gorgée. Je lui trouve un goût étrange, une amertume inhabituelle.

Qu'est-ce qui est arrivé à la petite Sofia ? Et qu'est-ce que foutent ces crétins de flics ? Ils feraient bien de la retrouver au lieu de venir me faire chier.

Bon, c'est pas tout ça, j'ai du boulot. Le mercredi, c'est jour de repassage. Pourtant, j'arrive pas à m'y mettre. J'ai pas ma tête à moi, aujourd'hui.

Un autre verre, puis ça ira mieux.

Tout en sirotant ce second gin, je parcours distraitement la pile de courrier qui traîne sur le coin de la table basse. Il serait temps que je lise tout ça. Sous les pubs et les fac-

---

[1] Parapluie.

tures, je découvre un dessin. Un dessin que Sofia m'avait fait. Un bateau plein d'animaux. L'arche de Noé. « À messieu Stainer », qu'elle a écrit. Pauvre petite.

Elle m'aimait bien, elle comptait sur moi, et je suis là à picoler, me réjouissant simplement de ne plus avoir ces cons de flics aux fesses. J'y connais rien en matière d'enlèvement, mais j'ai vu assez de séries télé... passé 48 heures, les chances de récupérer la victime en vie sont de plus en plus maigres.

Depuis sa photo noir et blanc, ma femme me fixe d'un regard réprobateur.

– Secoue-toi, Herman. Fais quelque chose ! Tu l'aimais bien cette petite ! Non ?

– Quoi ? Tu veux que je me lance à sa recherche ?

– Évidemment ! T'as quoi d'autre à faire ? Tu ne comptes quand même pas sur ces deux andouilles pour la retrouver ?

– C'est que je ne vois pas trop par où commencer. J'suis pas vraiment à la hauteur pour ce genre de job.

– T'as un cerveau, deux bras, deux jambes ? Alors ?

– Oui, mais j'suis pas flic.

– T'as prétendu qu'ils étaient cons. Ne dis pas le contraire, je t'ai entendu. Alors ? T'es plus con qu'eux ?

Ma femme a raison. Comme toujours. Ou disons, comme souvent.

Après avoir tourné en rond une dizaine de minutes, je me décide à repasser chez les voisins. J'enfile ma veste, je sors, ferme la porte derrière moi et descends les marches du perron.

Il y a une bagnole sur le parking, moteur allumé. Une Volkswagen noire avec deux types. Je vous fiche mon ticket que c'est des keufs. Pas mes copains, des autres. Ils me regardent de leurs yeux de poisson crevé et me laissent passer sans rien dire. Ils espèrent quoi, ces deux gus ? Que je vais venir leur proposer un café ?

Je sonne chez les Da Silva.

J'espère que madame se montrera moins émotive qu'hier. J'ai horreur de ça.

C'est elle qui m'ouvre. Elle a les yeux rouges, un mouchoir à la main.

– Bonsoir, monsieur Steiner.

– Bonsoir, madame Da Silva. On peut parler ?

Elle semble hésiter, puis se ravise.

– Entrez. La police m'a dit que vous étiez sans doute hors de cause.

– Bien entendu. Qu'est-ce que vous imaginiez ?

– Venez.

Elle s'efface et me laisse passer dans la cuisine.

C'est tout petit chez eux, mais tout est nickel. C'était une vieille baraque qu'ils ont retapée de la cave au grenier. Pendant un an, tous les week-ends, le mari et ses potes étaient au turbin. Toiture, fenêtres, isolation, électricité, carrelage, chauffage, plomberie, tout, que j'vous dis. Et la grange à côté, ils en ont fait deux appartements qu'ils louent aux touristes. Heureusement d'ailleurs qu'on est hors saison, sinon ces joyeux estivants auraient eu droit, eux aussi, à la visite de la maréchaussée.

– Alors ? Vous avez du nouveau ?

Elle pleure juste un peu. J'attends. Puis elle m'explique.

Les caméras de l'école ont parlé. C'était lundi 16 heures. Il paraît qu'on voit la petite Sofia sortir, passer derrière une camionnette blanche ; il se passe rien pendant quelques secondes, puis la camionnette démarre et Sofia n'est plus là. Envolée.

Une camionnette blanche. On devrait interdire ces véhicules. À chaque fois qu'on enlève un gosse, c'est avec une camionnette blanche. En tout cas, moi, j'ai une vieille Audi anthracite. Pas étonnant que depuis, les flics me lâchent. D'ailleurs mon kiné a dû confirmer : le lundi 16 heures, il était occupé à me torturer.

Madame Da Silva pleure à nouveau, mais moi, je veux savoir.

– La camionnette, madame Da Silva, c'était quelle marque ?

– Ils n'ont pas dit.

– Et la plaque, on l'a vue ?

– Je ne sais pas.

Par la porte entrouverte, je vois monsieur dans le salon. Le regard dans le vide. Comme d'hab, il doit fumer cigarette sur cigarette. Du tabac dégueulasse qui fait tousser.

Enfin, il a délaissé sont commerce et il est là, collé au téléphone à attendre.

« Des fois que les ravisseurs appellent », explique madame.

Il s'imagine quoi ? Qu'on va lui proposer d'échanger la petite contre sa collection de porcelaines portugaises ? Enlever pour le fric une gamine à un couple de boutiquiers, ça n'a aucun sens... Sauf si on imagine le pire !

Alors une vengeance, peut-être ?

– Vous n'avez pas d'ennemis ?

– Des ennemis ?

– Des gens qui vous voudraient du mal.

Elle hausse les épaules. Je n'en tirerai plus rien. Je les laisse. Ils ont mieux à faire pour le moment que de tailler une bavette avec leur voisin.

Au moment où je passe la porte, madame Da Silva me rappelle.

– Il y a mon beau-frère, Fernando.

– Quoi, Fernando ?

– On s'est disputé.

– Grave ?

– On ne se parle plus.

– Depuis quand ?

– Depuis deux ans.

– Il vous reproche quoi, votre beau-frère ?

– Je crois qu'il est jaloux. Notre commerce marche pas trop mal et lui il a dû fermer sa petite entreprise de plomberie. Il voulait qu'on l'aide financièrement, mais mon mari n'a pas voulu.

– Pourquoi ?

– C'est pas un type sérieux. Quand il était petit, il était déjà comme ça, à réclamer sans cesse de l'argent à ses parents.

– Il fait quoi maintenant, ce monsieur ?

– Fernando travaille chez Askol, ici tout près, c'est lui qui s'occupe des dépannages. Je le vois parfois passer. Mais vous l'avez peut-être aperçu. Avant, il venait souvent chez nous.

Pas sûr que je m'en souvienne. Car chez les Da Silva, on entre et on sort comme dans un moulin. Et ça, depuis les cousins, les oncles et tantes, les parents, les copines. Toute une sympathique tribu dont je ne tiens pas la liste.

Je vais partir, mais Madame Da Silva me retient par la manche.

– Ah oui, et puis il y a Felipa.

– C'est qui Felipa ?

– Une vendeuse. À notre magasin, chez CadoCado. J'ai dû la virer... Elle volait.

– Vous en êtes certaine ?

– Plusieurs fois, j'ai remarqué qu'il manquait des petites choses dans la réserve. Un jour, je l'ai trouvée fort pressée de partir. Je l'ai obligée à vider son sac. Dedans, il y avait plusieurs flacons de parfum.

– C'était quand ?

– La semaine dernière.

Je fronce les sourcils.

– Vous pensez qu'elle aurait pu vouloir se venger... et enlever votre fille ?

– Felipa ? Comment aurait-elle pu ? Je la connais. Elle a une cervelle de moineau. Par contre, elle fréquente des gens pas bien ! Vous auriez dû voir la tête des copains qui l'attendaient parfois à la sortie. De la racaille. Jamais je n'aurais dû engager cette idiote.

La gentille et menue madame Da Silva, je la trouve soudain bien dure, presque féroce.

– Cette Felipa, c'est Felipa comment ?

– Felipa Maria Baros Alves. Elle habite dans le nouveau quartier d'Echternach. Une grande tige avec les cheveux en pétard.

– Et à part Fernando et votre vendeuse, vous ne voyez personne d'autre ?

Elle hausse les épaules.

J'insiste. Non. Madame a fini de vider son sac. Plus de parents hostiles ou d'employés indélicats.

– Ces deux-là, vous en avez parlé aux flics ?

– Non.

– Pourquoi pas ?

– Ils m'ont pas demandé.

– Ah ?

Ma voisine soupire.

– D'abord, ils pensaient que c'était vous. Maintenant, ils savent plus trop. Ils m'ont dit qu'ils auront sûrement des pistes avec l'avis qu'ils ont passé.

– Oui, probablement.

Je n'en crois rien, mais la pauvre est déjà dans tous ses états. Inutile de lui foutre encore plus les chocottes.

– Et la petite, elle n'avait pas un téléphone ? Tous les gamins en ont maintenant.

– Non, mon mari n'aimait pas ça. Quand elle sera au lycée, il a dit.

– Dommage. Les flics ont des trucs pour retrouver les gens en traçant leur téléphone. J'ai déjà lu ça.

Pas la peine d'insister. La voisine ne m'écoute plus, elle regarde ailleurs. Il y a un truc qui commence à la ronger, je le sens, c'est l'idée qu'elle ne reverra plus sa fille et que tout ce temps, qu'ils n'ont pas passé avec elle quand ils auraient pu, ils l'ont perdu pour de bon.

– Allez... je vous laisse. Bon courage. Et tenez-moi au courant dès que vous aurez du nouveau pour Sofia. Je l'aime bien votre petite.

Je rentre chez moi. Bredouille. Ou presque.

D'abord, je suis content de voir que ces deux boutiquiers s'inquiètent enfin pour leur fille. C'est bien la première fois qu'elle passe avant leur petit commerce. Ensuite, j'ai maintenant deux suspects : Fernando, Felipa ; et un seul indice : une camionnette. Blanche.

Mais une camionnette, même blanche, c'est bien vague.

Je pourrais passer chez Sandro. Son magasin est presque en face de l'école. Il l'a peut-être vue, cette fameuse fourgonnette...

II.

Sandro.

Je le connais depuis qu'il portait des culottes courtes et qu'il traînait au judo ou au club de foot. Après son bac, il a essayé Médecine, puis Droit, puis Psycho. Bide total. Les études, c'était pas pour lui. En 2000, il a ouvert sa boutique de fringues. Voilà qu'il se révèle. Le roi de la débrouille. Il achète à l'étranger et revend tout au double du prix. Puis aussi le roi de la tchatche et du bagout. Tu rentres chez lui fin juin, tu ressors habillé pour l'hiver, pour le printemps suivant aussi. Seulement voilà, comme il en avait marre de se faire chauffer sa marchandise, il a installé des caméras partout. *Big brother is watching you.* S'il y a quelque chose à voir, c'est bien chez Sandro que je le verrai.

Me voilà parti. Je vous avais dit que je sortais parfois. On est hors heures de pointe et ça roule nickel.

Évidemment, heure creuse ou pas, impossible de trouver une place de parking au centre-ville. Je repère une mémère qui range ses courses dans sa Kangoo. Ça lui prend un quart d'heure, mais finalement, elle dégage et je prends la place.

La porte du shop carillonne. Je salue Sandro et je passe direct à ce qui me préoccupe.

— T'es au courant pour la petite qu'on a enlevée ?

— Et comment ! J'ai eu droit à la visite des flics.

— Deux comiques ?

— Un grand, un petit. Le grand, je le connais. Il était au judo avec Joe et moi.

– Je sais. Majerus.

– Eh oui...

Je fais comme ça, l'air de rien :

– Au fait, la caméra que t'as là, au-dessus de ta caisse, elle a bien un œil sur ce qui passe devant la boutique ?

– Ouaip...

– Tu pourrais me montrer ce que tes caméras ont filmé lundi vers 16 heures ?

- Sorry. Impossible. Les flics m'ont embarqué le disque dur.

– Il y avait quoi dessus, tu t'en souviens ?

– Il y a pas grand-chose. On voit une Renault Trafic blanche passer devant la vitrine, puis tourner au feu.

– Une Renault Trafic ? T'es sûr ?

– Certain. Mon frère a la même en gris.

– Et la plaque ? On la voyait la plaque ?

– Oui. Quand elle a tourné au coin.

– Luxembourgeoise ?

– Oui. Mais les flics m'ont dit que c'était une fausse.

– Merde. Et on voyait le conducteur ? Ou le passager ?

– Non. Vitres fumées. Deux personnes. Impossible d'en dire plus.

Muni d'un cutter, Sandro ouvre une caisse siglée « Oliver ». Il tousse un coup, puis il me glisse :

– Tu sais, on dit ici qu'elle allait souvent chez toi, la petite... Et que c'est bizarre.

– Qui dit ça ?

– Des gens. C'est des Portugais qui m'en ont parlé. Un bruit qui circule chez eux.

– Bien oui, Sofia venait se faire aider pour ses leçons. Et alors ? C'est pas à toi que je dois expliquer à quel point l'école c'est coton ici pour les étrangers. Et d'abord qu'est-ce que ça peut leur faire aux gens que la petite passait chez moi ?

– Ils se posent des questions. Ils veulent savoir. Alors, il y en a qui se font un film.

– Et toi, tu te le fais le film ? Le vieux pervers qui se tape une gamine ?

– Bien sûr que non, je te connais trop bien... je voulais seulement te prévenir. Fais quand même gaffe.

Voilà qu'entre un client et mon pote réaffiche soudain son sourire Pepsodent. C'est le moment de filer. J'ai ma dose des petits potins de la place.

Je remercie Sandro et je me casse en le laissant aux prises avec son chaland. Trop tard. Il m'arrête.

– Dis, Herman, tu te souviens du polo en vitrine que t'aimais bien ? Je viens d'être livré avec ta taille.

– C'est que j'suis pas trop à ça pour le moment.

– C'est dommage, il est à moins 10 % juste cette semaine. À ce prix-là, ce soir il est parti.

Il insiste. J'hésite. Il s'obstine... Je lui achète son polo. Une fois dans la rue, je me rends compte que c'est pas le même que celui qui était en vitrine. Celui-ci est légèrement plus clair et n'a pas le même col.

Sacré Sandro.

Bon, donc, deux personnes dans une Renault Trafic blanche. Vitres fumées et immatriculée au Luxembourg, mais les plaques sont fausses.

Il faut être tordu pour venir de l'étranger et se coller des plaques lulu. Et si cette camionnette est d'ici, fausse plaque ou pas, ça doit se retrouver.

Ce qui est top au Luxembourg, c'est que quand t'as des emmerdes, il se trouve toujours un pote, un cousin, un tonton pour t'arranger le coup.

Là, je pense à Nico, mon neveu. Celui qui bosse au ministère des Transports.

Une fois dans la voiture, je l'appelle.

– J'ai eu un accrochage avec une camionnette blanche, une Renault Trafic, je voudrais la retrouver.

– T'as l'immatriculation ?

– J'ai pas eu le temps. C'est une plaque de chez nous. J'en sais pas plus.

– Tu rigoles ? Une Renault Trafic c'est le modèle le plus fréquent. Il doit y en voir une bonne centaine en circulation.

– File-moi leurs adresses.

– T'es dingue ? C'est un coup à se taper un blâme ! Un mois sans paie, si pas révoqué : la porte, sans pension.

Il me fait toujours son cinéma, Nico. Je recadre vite fait.

– Tu te rappelles, mon petit Nico, la fois où je t'ai ramassé rond comme une queue de pelle au carnaval d'Echternach ? Même que je t'ai gardé deux jours à la maison en expliquant à ton père que t'avais choppé la crève ?

– Euh, oui, ça me dit vaguement quelque chose.

– Vaguement, vu ton état, c'est le mot. Je pense que tu me dois bien un petit service en retour.

– Tonton, tu fais chier.

– Prends de quoi noter, je te file une adresse mail, utilise celle-là.

Je lui dicte l'adresse Hotmail bidon que j'ai créée pour les pubs. L'autre, la vraie, j'ai peur que les flics l'aient à l'œil.

Voilà. Je lui dis au revoir. Y a plus qu'à attendre.

 III.

Midi déjà. J'ai pas vraiment envie de rentrer à la maison et je me rends à la pizzeria du quartier. J'y avais mes petites habitudes. Ma femme aussi. Puis, le patron a changé. C'est plus comme avant. On a remplacé les vieux serveurs par des petits jeunes. Des gamins qui savent pas faire la différence entre des penne et des rigatoni, entre un valpolicella et un chianti. Et à peine polis avec ça.

Je deviens un vieux ronchon. Ma femme me le dit tout le temps.

Je pousse la porte.

– Moien, monsieur Steiner.

En voilà au moins un qui se souvient de moi.

– Moien.

– C'est pour manger ?

Non, c'est pour acheter des caleçons longs.

– Oui, c'est pour manger.

On m'installe dans un coin. C'est bien les coins. On peut observer son petit monde tout à loisir. Et parmi les gens déjà installés, il y a en a plusieurs que je connais. Il y a ce vieux prof de maths du lycée classique. Il est comme moi, il commande toujours la même chose. Plus loin, je reconnais le couple de proprios qui tient un magasin rue de la Gare. Comme d'habitude, ils mangent en silence. Après quarante ans derrière leur comptoir, ils n'ont sans doute plus rien à se dire. Enfin, près de la fenêtre, ce sont des jeunes du lycée, bruyants, agités, le nez dans le plat du jour. Peu intéressés par le menu de la cantine, ils préfèrent venir ici dépenser l'argent de papa-maman.

Je regarde la carte. Avant, quand je venais ici avec ma femme, elle prenait toujours la salade *Napoleone*. Ils l'ont virée de la carte. Plat du jour : *rigatoni de la nona*. Allons-y. Qu'est-ce qu'on risque ?

On me sert. Je mange sans appétit. C'est pas le plat qui fait vraiment problème, mais l'image de la petite Sofia aux mains de ravisseurs libidineux. Ça me revient sans cesse à l'esprit. Quand on y pense, c'est insupportable !

Les étudiants se lèvent. Retour en classe, les boutonneux !

Moi aussi, j'ai fini. Je m'essuie la bouche et commande un café.

Les pâtes étaient un peu trop cuites. Le vin trop frais. Je survivrai. Bon. Et si je m'occupais de cette Felipa Barros Alves.

Je reprends mon Smartphone. Editus[1] est peu bavard sur le nouveau quartier où elle habite. Pourtant, rue Durand, je dégote une certaine Maria Alves Barros. Un nom trop proche pour que ce soit un simple hasard.

C'est à deux pas. Pourquoi tergiverser ? Dix minutes plus tard, j'ai fini mon café et je remonte à pied la rue Durand. Au moment où j'arrive au numéro dit, justement voilà quelqu'un qui sort. Une perche à haricots, coiffée à la diable. C'est bien elle ! Elle porte une veste noire élimée, un jeans à trous assorti, un anneau dans le nez. La classe !

La fille passe à côté de moi sans me voir et je la file en douce, comme dans les films. Rien de très excitant. Elle a les fesses creuses et la démarche d'un grand émeu.

---

[1] Annuaire en ligne luxembourgeois.

Felipa Baros Alves remonte la rue de Luxembourg vers le centre. Nous sommes en semaine, en milieu de journée. Depuis que les commerces se sont délocalisés en périphérie, il n'y a plus grand monde en ville. La fille comptait sans doute retirer de l'argent à la poste, mais quand elle découvre le Bancomat fermé, dans un geste de mauvaise humeur, elle frappe du poing le panneau. Felipa passe alors à la Spuerkees, elle y retire 100 euros avant de retourner vers le Cactus. Je l'y suis et je note. Une livre de cabillaud à la poissonnerie. Des oignons, un filet en promo à 1 € 85. Des tomates en grappe. Un kilo, 3 € 12. De la crème fraîche.

Fin de la liste de courses.

Donc, pas de bonbons, de lait chocolaté, ni de nounours à la guimauve. Sofia adore ça. C'est bien ce que j'achèterais si je devais la tenir tranquille, enfermée quelque part.

Moi-même, histoire d'avoir l'air naturel, j'ai collecté au hasard deux ou trois articles dans les rayons.

Alors, qu'elle est à la caisse, la fille embarque discrétos une mignonnette de Bacardi. La caissière n'a rien vu, moi si. Voilà, c'est tout. Felipa rentre chez elle.

Mais après que je sois moi-même passé en caisse avec mes achats alibi, je la perds de vue. En vitesse, je sors et me dirige vers la rue Durand. Je crois l'avoir repérée, mais la voilà qui disparaît à nouveau. Je suis pas le roi de la filature.

– Tu me suis, là ? Tu me veux quoi, papy ?

Je me fige.

Merde, elle vient de surgir derrière moi, la greluche, les mains sur les hanches. Pas contente, grimaçante sous son maquillage à la Walking Dead.

Je bafouille.

– Euh, je me demandais...

– Quoi, tu veux une pipe ?

Vite, reprendre contenance !

– Une pipe ? Pas exactement. Je suis du service de sécurité du Cactus et je vous ai vu piquer une bouteille de Bacardi.

– Et alors, tu vas me faire une fouille au corps ? Compte dessus, Ducon !

Holà ! Agressive ! Une vraie teigne, cette fille ! Je rentre vite dans les baskets du gars qui en a vu d'autres.

– Ne faites pas la maligne. Je vous connais, Felipa Alves. On m'a d'ailleurs aussi signalé un vol chez CadoCado. Vous avez travaillé pour eux, non ?

– Dix jours. Et alors ? En quoi ça vous regarde ce qui s'passe à CadoCado ?

– On a aussi un contrat avec ce commerce-là.

– Alors j'vais vous dire, ce vol c'est du grand n'importe quoi ! La patronne est une sale pisseuse. Tout ça pour quelques échantillons !

Imperturbable, je continue.

– On pourrait oublier ces histoires... si vous me parliez de la petite Sofia.

– Quelle petite Sofia ?

– La fille des Da Silva.

– Les Da Silva ont une fille ?

Je suis déboussolé. Elle joue les débiles ou quoi ?

– Ne me dites pas que vous n'êtes pas au courant !

– Dix jours que je vous dis. Ça fait pas de moi leur nounou.

– Vous regardez bien la télé ou écoutez RTL.

– Ces chaînes relou ? Et quoi encore ?

– Eh bien, on a enlevé leur gamine aux Da Silva.

– Avec des parents comme ça, on est à l'abri de rien. Et d'abord, c'est quoi le rapport avec le Cactus ? Maintenant, embarquez-moi chez les keufs ou lâchez-moi la grappe !

Qu'en termes délicats ces choses sont dites ! Je lui lâche la grappe, donc. Et qu'elle siffle son rhum à ma santé. J'ai failli tomber sur plus fort que moi. La conne.

Je reprends la voiture en ruminant et, tout à mes pensées, je m'engage dans la rue Durand. Si bien que je ne peux éviter de repasser devant chez Felipa. Je ralentis.

Elle est sur le trottoir, son sac de courses posé par terre. Nonchalamment, elle s'appuie sur le toit d'une voiture dont le moteur tourne encore. Une caisse pourrie. Felipa Maria Alves etc. cause avec un type, un gars avec le même look. J'ai pas le temps de compter les piercings, mais la fille m'a reconnu et j'ai droit au passage à un doigt d'honneur de la part de son mec.

Un jour qu'on m'avait fait ça, je me suis arrêté, je suis descendu de voiture, et je suis allé casser la gueule au gars.

« D'accord, c'est un con, m'a dit ma femme, mais un jour tu tomberas sur plus fort que toi. D'ailleurs, je te déteste quand tu es violent. »

Elle avait raison ma femme, alors je me calme, je note la plaque et basta !

Je ne l'oublie pas pour autant, cette fille, et certainement pas ses petits copains... Les gens trop agressifs ont souvent quelque chose à cacher.

Un si gentil voisin

IV.

Reste le cas du beau-frère, Fernando. « Il est jaloux », m'a dit madame Da Silva. D'accord, mais de la bisbille entre frangins, il y a ça dans toutes les familles ; ça ne casse pas trois pattes à un canard.

Je confie mes doutes à ma femme :

– Quand même... enlever sa petite nièce pour une brouille, j'y crois pas trop.

Elle me répond du tac au tac.

– Depuis Caïn et Abel, il y a des gens qui s'entretuent en famille pour moins que ça.

– Tu regardais trop les séries Netflix.

– On s'occupe comme on peut quand on a un homme marié avec son boulot.

– Tu ne vas pas remettre ça. C'est fini pour moi, le boulot, tu le sais très bien.

– D'accord, n'empêche, tu ferais mieux de t'occuper de ce Fernando.

Alors, ce que femme veut... Mais comment approcher le gaillard ?

Il fait les réparations, qu'elle a dit madame Da Silva. Ça tombe bien. Dans la salle de bain du premier, celle que je n'utilise plus depuis la mort de ma femme, il y a un robinet qui fuit. J'ai coupé l'eau en tournant le robinet d'arrêt. J'aurais pu réparer moi-même, mais j'en suis resté là. Voilà l'occasion de faire d'une pierre deux coups.

J'appelle Askol.

– J'ai un robinet qui fuit. Vous pouvez m'aider ?

– C'est urgent ?

– Ça dépend. Si je veux continuer à me laver, oui, c'est urgent.

– Vous avez de la chance, notre technicien vient justement de rentrer au dépôt. Je vous l'envoie de suite.

– Qui ?

– Pardon ?

– Qui m'envoyez-vous ?

– Euh, Fernando Da Silva. C'est lui qui se charge de ce genre d'intervention.

– Très bien. Je l'attends.

Je ne dois pas patienter bien longtemps.

Une quinzaine de minutes se sont écoulées quand une camionnette se gare devant la maison... Une camionnette rouge. Rouge, pas blanche.

Un petit homme rond avec d'épais sourcils et les joues bleues de barbe en descend. Il monte le perron, sonne et se présente.

– Da Silva, d'Askol. Je viens pour votre problème.

– C'est par ici, suivez-moi.

Il examine en professionnel le malheureux robinet.

– C'est pas grave, c'est le joint.

– Vous pouvez m'arranger ça ?

– *Sem problema*. Je vous fais ça de suite.

Alors qu'il s'affaire, je m'avance avec mes gros sabots.

– Tiens ? Da Silva, vous avez dit ? Mes voisins s'appellent aussi Da Silva.

– Au Luxembourg, il y a plus de Da Silva que de braves gens.

J'insiste...

– Mais quand même...

– Oui, c'est mon frère.

– Vous avez entendu pour leur fille ?

Il ne répond pas.

Et à cet instant, mon suspect a une réaction surprenante : voilà que cet homme rude a la larme à l'œil.

– Sofia. Pauvre petite. Une si gentille gamine !

Je peux me tromper, mais le bonhomme a l'air sincère. La mention de Sofia semble l'avoir affecté. Je préfère ne pas insister.

Il finit le travail en silence, ramasse son barda.

– Je vous dois combien ?

– Askol vous enverra la facture.

Je l'observe alors qu'il quitte la maison. Au moment où il finit de ranger ses outils dans la camionnette, madame Da Silva sort de chez elle.

Ils restent en arrêt tous les deux. Puis, voilà Fernando Da Silva qui traverse la route.

Je les vois qui causent. Fernando prend les mains de sa belle-sœur, avant de l'embrasser et de reprendre la route.

Je rejoins madame Da Silva et je l'interroge.

– C'était votre beau-frère ?

– Oui, je vous avais dit qu'il travaillait pour Askol.

– Il vous a parlé ? Je croyais que vous étiez en froid.

– Il est venu nous souhaiter bon courage. Il aimait bien Sofia.

Je laisse ma voisine et regagne la maison.

Je vais garder un œil sur Fernando, mais ma femme dira ce qu'elle veut, j'ai définitivement du mal à penser que ce type aurait pu s'en prendre à sa nièce.

Je suis tout à mes réflexions existentielles quand soudain le téléphone sonne. La ligne fixe. Ça doit être mon fils. C'est son heure.

Je décroche le combiné.

– Vous êtes bien Herman Steiner ?

J'aime pas ça. Quand on commence par vérifier mon nom, c'est rarement pour m'annoncer que j'ai gagné au loto.

– Oui, c'est moi. Qu'est-ce que vous me voulez ?

La voix est étouffée, déformée.

– Ce qu'on vous veut ? Que vous nous disiez où est passée Sofia !

– Mais qu'est-ce que j'en sais moi ?

– C'est bien vous le vieux chez qui elle passait tout son temps ?

– Je vous dis que j'en sais rien ! Et si je le savais, il y a longtemps que j'aurais prévenu les flics.

Cette fois, la voix se fait menaçante.

– Ne faites pas le malin, monsieur Steiner, on vous connaît. On sait ce qu'il faut faire de gens comme vous.

– De gens comme moi ? Qu'est-ce que vous voulez dire ? Et d'ailleurs, vous, vous êtes qui ?

Ma question reste en suspens. On a raccroché.

Je suis furibard.

Il croit qu'il me fait peur, ce petit con ?

JEUDI

I.

Six heures trente. Il est tôt, mais je dors mal sur ce canapé. Impossible de faire la grasse matinée, surtout avec les bruits de la rue.

Alors je saute dans mes pantoufles et je m'en vais préparer le petit déjeuner.

Pour moi, c'est un jus d'orange, un café bien tassé, et du pain gris tartiné de confiture. Pour ma femme, c'est une pleine théière d'Earl Gray, deux tartines de pain grillé au fromage de Hollande. Je sais, c'est débile, mais je lui ai toujours préparé son petit déjeuner. J'aurais l'impression de la trahir si je ne le faisais plus !

Ce premier repas avec ma femme, c'était toujours le pire ou le meilleur moment de la journée, celui où on se prenait la tête, ou alors celui au cours duquel on se réconciliait de nos stupides chamailleries de la veille.

C'est un de ces petits matins où ma femme m'avait dit de changer de boulot.

« Tu crois que t'as un poste important chez Logistix ? Tu n'es rien d'autre que leur bonne à tout faire, le boy de Markus Ludwig !

— Son boy ? Markus, c'est comme un pote. Ça fait presque vingt ans qu'on bosse ensemble pour faire marcher cette boîte.

— Tu es d'une naïveté, mon pauvre Herman. Ton Markus, il se sert de toi, et puis c'est tout.

– Et tu veux que je fasse quoi ? ai-je répondu. Que je le vire et que je lui pique sa place ? Le coup du calife à la place du calife ?

– J'ai pas dit ça ! Change de job ! T'as vingt ans d'expérience, t'as touché à tout. Tu devrais être le patron d'une boîte comme celle-là !

– Tu me vois jouant les big boss ?

– Bien entendu que je te vois !

– Impossible...

– C'est le plafond de verre !

– Le plafond de verre ? C'est quoi, ça ?

– Cette barrière, cette limite imaginaire qui t'empêche de monter à ton meilleur niveau.

– N'importe quoi... »

En réalité, elle avait raison sur tout, sur Logistix, sur Markus, sur moi. Malheureusement, la pauvre, le plafond de verre, c'est elle qui s'est cassé la tête dessus. 45 ans. Fin de parcours.

Triste, la gorge serrée, je range la vaisselle du petit déjeuner.

Tout ça aurait dû tourner autrement.

Je traîne encore dans la cuisine quand un « ping » sonore m'arrache à mes ruminations.

Un mail de mon neveu Nico vient d'arriver sur l'ordi. Et la liste est là, un tableau Excel... de 187 lignes !

Je m'attendais pas à ça. Ils sont dingues tous ces gens d'acheter la même caisse. Renault a fait une promo ? Le Black Friday de la camionnette ?

Je vérifie à tout hasard. Non, Fernando Da Silva n'est pas dans la liste. Mais purée, 187 fourgonnettes ! Les bras m'en tombent !

Procédons par ordre.

Dans un premier temps, j'élimine de la liste une partie des entreprises de la place. Elles possèdent une flopée de véhicules, sans doute tous flanqués du nom de leur boîte. Buedem SA, le roi du carrelage. Païfen & Co, plomberie 24/24. Etc. Une pub pareille, ça se remarque. Si les ravisseurs s'étaient baladés en hommes-sandwichs, Sandro, et même ces crétins de flics s'en seraient rendu compte.

Voilà. Ça m'en fait déjà 43 de moins.

Je m'attaque aux autres.

Téléphone en main, la voix mielleuse, faussement timide, je sers à chaque fois le même baratin. Je prétends avoir abîmé une camionnette blanche sur un parking, et le temps d'aller chercher mes papiers elle a filé. J'ai pas vu la plaque et je suis un super brave type qui veut éviter des ennuis au chauffeur. Elle est pas à vous, cette camionnette ?

La plupart s'inquiètent, ils se renseignent, vont vérifier. Une petite griffe peut-être ? J'sais pas, j'ai pas bien regardé. Au fait, vous étiez où lundi vers seize heures ? À Esch ? Ah non. Alors c'est pas vous. Sorry pour le dérangement.

Terminé. Au suivant. Et je recommence mon petit jeu.

J'avance dans ma liste. Ça va plus vite que je le pensais. De ces foutues camionnettes, j'en ai déjà contrôlé 53.

J'apprends que la 54 est celle qu'utilise un vieux curé de l'Oesling pour les activités de ses six paroisses. Je sais ce qu'on raconte sur les curetons, mais pour organiser un enlèvement à quatre-vingt-dix balais, il faut y aller !

La suivante, on me dit qu'elle est immobilisée dans une carrosserie depuis trois semaines... emboutie par le tram avenue Kennedy. J'ai vérifié. C'est exact.

Les trois suivantes, 56, 57, 58 me donnent du fil à retordre. Que je vous raconte : elles appartiennent en fait à un Polonais, un particulier qui, pour le compte d'une entreprise néerlandaise, organise des livraisons entre l'Espagne et la France. Vive l'Europe ! Ce Polonais m'a gentiment expliqué que ses véhicules sont actuellement quelque part entre Séville et Perpignan et que je n'ai donc aucune chance d'avoir croisé l'un d'entre eux.

Je continue. Camionnette numéro 59 sur ma liste. Monsieur José Remesch. Né en 1980. Profession : chauffagiste. Dudelange.

Aïe. Impossible de dégoter son numéro de téléphone. Bizarre pour un chauffagiste.

Je ne sais pas pourquoi, mais ce type m'intéresse.

À force de compter les camionnettes, j'ai la tête comme un seau. Une nouvelle balade me ferait du bien. Alors, je vais aller y faire un tour à Dudelange, et rendre une petite visite à ce monsieur Remesch.

II.

J'ai mal choisi mon heure. Sortie des bureaux. Pour faire quarante kilomètres, j'ai pris presque deux plombes. Vingt ans que je les vois doubler les autoroutes, multiplier les contournements, les ronds-points, les feux intelligents... vingt ans que c'est de pire en pire.

Enfin me voilà à Dudelange. Guidé par mon GPS, je parcours la ville, m'éloigne du centre et tombe finalement au bout d'une rue sans issue sur une maison à quatre façades. Années soixante-dix. Bien tenue. Fraîchement repeinte. Pas mal pour un chauffagiste. Un vilain chalet et un barbecue défigurent un peu le jardin, de même que plusieurs stères de bois recouverts d'une bâche verte trouée. Quant à la baraque, elle semble vide. Les volets sont clos. Pas de traces non plus d'une camionnette. Sur la boîte aux lettres, je lis : J. Remesch.

J'hésite à sonner. Si c'était vraiment lui, le ravisseur ? Tant pis, je tente le coup. Un « ding dong » sonore résonne derrière la porte. Personne ne répond. D'un côté, je suis soulagé.

J'ai entrevu un visage à la fenêtre de la maison d'en face. Faisons appel aux voisins vigilants. Je traverse la rue et appuie sur le bouton de l'interphone.

Une dame vient m'ouvrir. La soixantaine. Une moue de bienvenue.

– *Moie Madame. Ech sichen den Här Remesch.* [1]

– Il est pas là. Ils sont partis.

---

[1] Bonjour, madame, Je cherche monsieur Remesch.

– Ces gens ont bien une sorte de camionnette blanche ?

– Oui.

– Avec des vitres fumées ?

– Oui. Pourquoi ? Vous êtes de la police ?

– Du tout. Sur un parking, il y a deux jours, je pense que j'ai légèrement abîmé leur fourgonnette.

– La blanche ? Si vous voulez mon avis, ils s'en contre-fichent, comme de tout le reste. Leur chien qui aboie la nuit, les poubelles qui traînent deux jours sur la rue, leur haie mal taillée, leur...

– N'en jetez plus... et ils sont où, vos charmants voisins ?

– Sans doute à leur maison de vacances, dans les Ardennes.

– Où exactement ?

– Comment voulez-vous que je sache ? Vous êtes sûr que vous êtes pas de la police ?

Je ris, le plus naturellement possible. Mon rire sonne jaune.

– Ha, ha ! La police ? Bien sûr que non. Bon, je vous laisse. *Äddi a merci !*

Je plante là la rombière et regagne ma voiture.

Maintenant, je fais quoi ? Je préviens les flics ? Ils vont me rire au nez. D'ailleurs, rien ne prouve que les Remesch sont pour quelque chose dans cette histoire. Des gens plutôt braques, qui possèdent une camionnette blanche, avec des vitres fumées, et qui sont en vadrouille. C'est un peu léger pour les traîner aux assises... mais à mon avis, c'est aussi un peu trop pour les rayer de ma liste !

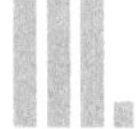

Je suis rentré à la maison.

Tout le trajet, je n'ai pas pu me défaire de l'idée que les Remesch n'étaient pas nets.

J'en parle à ma femme.

– Tu devrais aller jeter un coup d'œil à cette maison.

– Un coup d'œil ?

– Y entrer, quoi !

– Non mais, tu me vois vraiment jouer les cambrioleurs ?

– Je te connais. Ne fais pas l'innocent, tu as déjà fait pire.

– Hein ? De quoi tu parles ?

– L'histoire du Wäimoart à Grevenmacher et des bouteilles mystérieusement disparues durant la nuit.

– J'avais quinze ans !

– Voleur un jour, voleur toujours.

– Tu es injuste. Je suis depuis d'une probité irréprochable.

– Tu veux qu'on parle de ta dernière déclaration d'impôt ?

– Ce n'est pas du vol, c'est de la légitime défense fiscale.

– Mettons... Alors, et cette maison ? Vas-tu enfin te secouer ?

Inutile de discuter. Quand ma femme veut un truc, impossible de se défiler.

Je monte dans ma chambre et je m'équipe. Tenue sombre avec capuche, gants, chaussures de sport, petit sac à dos, lampe de poche.

En me regardant dans le miroir en pied, je me trouve les allures d'un superhéros des films Marvel. On verra si dans la pratique, je suis bien à la hauteur de ces prestigieuses références.

En route pour Dudelange.

Le temps d'arriver à Luxembourg puis de prendre l'autoroute d'Esch, la nuit est tombée.

Il doit être près de 22 heures quand je me gare discrètement dans la rue Curie. Ça va me faire une petite trotte à pied, mais ça évite, si on repère mon cinéma, qu'on fasse le lien avec ma bagnole, puis avec moi.

J'ai de la chance, dans cette rue, il n'y a que quelques maisons et le quartier semble mort.

L'usine en bout de rue a sans doute fermé ses portes pour la nuit. Et l'autoroute A13 dont j'aperçois les lueurs est si loin, que m'en parvient à peine une rumeur.

Sitôt allumées, les lampes LED de l'éclairage public viennent de s'éteindre. Économies d'énergie. Une connerie. On met des lampes basse consommation, puis on les éteint pour faire pas trop cher. Cherchez l'embrouille. En tout cas, le noir total, moi, ça m'arrange. Arrivé sur les lieux, je passe le portillon ni vu ni connu.

Dans l'ombre se dresse la villa, soudain étrangement menaçante. Je scrute la façade à la recherche d'un système d'alarme. Rien. Je préfère néanmoins ne pas tenter d'entrer par l'avant de la maison. Si la voisine d'en face a la mauvaise idée de traîner à sa fenêtre, elle va sortir son fusil à pompe. Les voisins qui se prennent pour des flics, c'est une vraie plaie. En particulier quand on cherche, comme moi, à pénétrer dans une propriété privée en toute discrétion.

Je contourne la villa par la droite. Le bas du mur est agrémenté d'un long parterre où subsistent quelques plantes vivaces. J'arrive sur une terrasse aux dalles disjointes. Là, je trouve une porte à petits carreaux qui doit donner sur la cuisine. Naturellement, elle est verrouillée de l'intérieur. Dans les films, le gars sort un petit crochet de sa manche. Clic-clac, et la porte s'ouvre toute seule. On n'a pas dû fréquenter la même école. Tant pis. Avec mon coude, je casse le carreau. Les bris de verre dégringolent à l'intérieur en tintinnabulant joyeusement. En essayant de ne pas me couper, je tâtonne autour de la serrure intérieure. La clé est dessus. Génial. Deux petits tours de clé et je rentre.

Il fait noir comme dans un four. Je déclenche tout à coup un potin de tous les diables en trébuchant dans un truc plein de flotte. J'allume la loupiotte et me rends compte que je viens de marcher dans la gamelle du chien. Heureusement ni les occupants du lieu ni le clébard ne sont présents.

Allons-y. Fouille en règle. Commençons par le début.

Guidé par le discret faisceau de ma lampe torche, je descends à la cave. Vais-je y trouver des chaînes, un lit de fortune ensanglanté, pire, le corps sans vie de la petite Sofia ? Il y a de ces images qui me viennent à l'esprit et qui me révulsent. Mais sous la lumière de ma lampe, je découvre seulement un sous-sol aux murs chaulés, presque vide. Une grosse chaudière à mazout, un réservoir de quinze cents litres et des caisses de bouteilles vides. Sans doute ces caves sont-elles trop humides pour y entreposer quoi que ce soit d'autre. Donc, ni chaînes ni cachot.

Visite du garage. Contrairement à la cave, il est encombré d'un véritable foutoir : vieux vélos, tonneaux en plastique, instruments de jardinage, je me prends les pieds dans un rouleau de fil de fer, merde, mon falsard est foutu.

Je remonte.

Je cherche quoi, en fait ? Une preuve, un objet, qui ferait le lien avec la petite. Une aiguille dans une botte de foin.

Dans le corridor, je jette un coup d'œil au courrier des Remesch. La poste, la Spuerkees, le ministère de l'Éducation nationale, de l'Enfance et de la Jeunesse, une pub Auchan. Rien qui puisse me guider.

Dans le salon trône une armoire pleine de vieilles cassettes VHS. Des histoires à l'eau de rose, des séries à la con que j'ai dû regarder à l'époque. La cuisine est rangée. Le frigo presque vide. Ces gens sont partis pour un moment.

À l'étage, il y a une salle de bain, très sale, du moins en regard de mes critères de propreté, puis de part et d'autre du palier, deux chambres. La première est celle du couple. Un grand lit pourpre décoré de volants et autres fanfreluches super kitsch. J'ouvre la garde-robe, puis la commode Ikea. Les vêtements en disent toujours beaucoup sur leur propriétaire. Madame est en surpoids, monsieur non ; aucun des deux n'aime repasser ; ils s'habillent cher et moche. Je note également, summum du mauvais goût, les sous-vêtements rouges, la petite culotte en léopard et la collection de sex-toys. Cela fait de ces gens des individus fort ordinaires, mais pas nécessairement des malades portés sur la maltraitance des petites filles. La seconde pièce de l'étage m'étonne un peu. C'est une chambre d'enfant, une chambre de fille, plus précisément. Tout y est rose, ou presque, avec des ours en peluche, des poupées, des petits cœurs sur les tentures et le papier peint assorti. La voisine m'avait parlé d'un couple, pas d'enfants.

Je redescends.

En passant, je remarque dans le couloir un calendrier punaisé accroché au mur. Chez Louise. Snack. Gedinne. Gedinne, c'est dans les Ardennes. Et si c'était là-bas leur repaire ?

Je prends note à tout hasard.

Bof... je ne tirerai plus rien d'intéressant de cette baraque.

Après avoir quitté discrètement la villa et regagné ma voiture, je repars donc dans la nuit. Il pleut. La radio que j'ai mise en sourdine me distille une musique insipide, puis une voix me murmure des choses que je n'écoute même pas.

J'ai peur d'avoir perdu mon temps. De suivre une fausse piste. Il y a bien cette chambre d'enfant inoccupée, mais c'est maigre, très maigre, tout comme l'histoire de la camionnette.

Je devrais en parler à Jean-Marc, mon cousin. C'est un ancien gendarme, aujourd'hui policier en ville. On est au Luxembourg, j'ai mon petit réseau. Faut s'entraider.

Il est près de minuit, je sais. Ce sera pour demain.

IV.

Quand j'arrive en vue de la maison, je distingue à peine sa silhouette qui se découpe dans le ciel nocturne.

Ici aussi, on coupe l'éclairage la nuit. Cette fois, ça m'arrange pas trop. C'est seulement lorsque je sors de ma voiture que je remarque des ombres sur le parking. Il y a là plusieurs personnes qui semblent m'attendre. Je les vois mieux maintenant, appuyées contre le mur, casquettes, tête baissée, les mains dans les poches. Je m'approche. Je ne peux pas faire autrement, ils s'interposent entre ma voiture et l'entrée du jardin.

– Monsieur Steiner ?

Je reconnais la voix. Le type est maintenant tout proche. Un homme, plutôt jeune, brun, le visage toujours dans l'ombre.

– C'était vous au téléphone ?

– Je pense que vous n'avez pas bien compris.

– Je vous ai dit que pour Sofia je...

Ouch ! De petites étoiles m'explosent devant les yeux.

Je viens de prendre un direct dans la tronche et je me retrouve par terre.

Je roule pour me relever. Un éclair de douleur dans les côtes. Un coup de pied, cette fois.

Humpf ! Merde !

Un autre encore. J'ai le souffle coupé. J'essaye de crier...

– Arrêtez les gars...

Mais ce n'est qu'un filet de voix. Et je prends un nouveau coup qui m'aplatit sur le sol. J'en mène pas large. Voilà ce qui arrive quand on se prend pour un superhéros.

À ce moment, ça se met à gueuler depuis le trottoir d'en face. C'est ma voisine qui sort de chez elle. Je la vois du coin de l'œil débouler dans la rue comme une furie.

Elle se met à engueuler mes agresseurs. En portugais... Mes oreilles sifflent, ça crie. Moi, je tente de me relever, je retombe, puis je devine la silhouette des gaillards qui s'enfuient.

L'écho de leurs pas se perd dans la nuit. Une voiture démarre. Ils devaient être garés là-bas, près de la station.

– Ça va, monsieur Steiner ?

À un type qui est sur le sol la gueule en sang, c'est une question plutôt conne. Mais bon, je suis censé répondre.

– Euh, je... ça va aller ! dis-je dans un souffle. Merci...

Madame Da Silva m'aide à me relever.

– Vous êtes sûr que ça va ?

– Oui ! dis-je en m'agrippant à mon portail.

– Peut-être que vous devriez voir un docteur.

D'un geste tout maternel, ma voisine me prend par le bras pour me guider vers l'escalier du perron.

Une petite bonne femme comme bodyguard, c'est pas commun. Même que ça me fout un peu la honte. Je lui demande :

– Vous les connaissiez ces types ?

– Non.

Là, j'ai un doute.

– Alors comment vous saviez qu'ils parlaient portugais ?

– Il y en a un qui avait le maillot fluo du Benfica. Même dans le noir, on ne pouvait pas le rater.

– Évidemment...

Elle reprend, comme pour s'expliquer.

– Ça doit être des garçons d'Echternach. Vous savez, là-bas il y en a qui disent que vous... enfin, je veux dire, que vous et la petite...

– Oui, je sais. Vous y croyez encore, vous, à cette histoire répugnante ?

– Non. Bien sûr. Je vous connais bien, monsieur Steiner. Vous êtes un peu spécial, mais vous n'êtes pas méchant.

Me voilà rassuré.

– Au fait, madame Da Silva, ils sont où les flics qui traînaient toujours devant chez vous ?

– Ils vont et viennent. Au cas où.

– Pour une fois, ça m'aurait arrangé de les voir ! Évidemment, ils sont jamais là quand on a besoin d'eux !

Elle hausse les épaules dans un geste d'impuissance.

– C'est comme ça...

– Ben, en tout cas heureusement que vous étiez encore sur pied à cette heure.

– Si vous croyez que j'ai envie de dormir avec ce qui se passe ? Ma Sofia... Où est-ce qu'elle est ? Qu'est-ce qu'on lui a fait ? Depuis deux nuits, j'ai pas fermé l'œil.

– Ayez confiance, on va la retrouver.

J'en sais rien évidemment. À l'heure qu'il est, est-ce qu'elle est même encore vivante, la pauvre gamine ? Je vois la dame qui se décompose. Je voudrais lui dire quelque chose, pas trop con, histoire de la rassurer un peu, mais je trouve pas les mots. Finalement, c'est elle qui parle, d'une toute petite voix.

– Bon, je vous laisse, monsieur Steiner. Je dois rejoindre mon mari, près du téléphone.

– Oui, je comprends.

Et mon ange gardien s'en va, tandis que moi, je grimpe les escaliers du perron en titubant, comme si j'avais bu un coup de trop.

Une fois dans le hall, je me plante devant le miroir du vestiaire. J'ai du sang sous le nez et la pommette gauche toute gonflée. Je soulève en grimaçant mon blouson et ma chemise. Là, je découvre tout mon côté vilainement coloré. Purée ! Ils m'ont pas loupé, les cochons.

Je sors du frigidaire une pochette de légumes surgelés et je me la colle sur la figure. Puis, après avoir avalé deux ibuprofènes, pour la douleur, et un Xanax, pour le stress, je me traîne vers mon canapé.

Je m'en souviendrai de cette soirée !

VENDREDI

I.

Merde, il est déjà huit heures.

Panne d'oreiller.

Normal. Pas de boulot, pas de réveil. Et le Xanax, ça n'arrange rien.

Je me lève péniblement, avec l'impression d'être passé sous un camion. Notons que la veille, c'est à peu de choses près ce qu'il m'est arrivé.

J'arrive tout courbaturé dans la cuisine et je dis bonjour à ma femme. Désolé pour le retard. J'ai des excuses.

Le percolateur chuinte doucement pendant que je tartine de confiture les deux tranches de pain que j'ai passées au toaster.

Les trucs de la veille me chiffonnent. Je dois en savoir plus sur les Remesch. Si ça se trouve, ils ont un casier. Faut vraiment que je passe un coup de fil à Jean-Marc. Il est pas flic pour rien.

Il est plus jeune que moi, Jean-Marc, d'une dizaine d'années, mais quand on était ados, on était tout le temps fourrés ensemble. On a fait les quatre cents coups. Comme mon cousin était roux, certains dans la classe se payaient sa tête. Plusieurs fois, on a réussi à coincer l'un ou l'autre de ces rieurs pour leur ficher une raclée. On avait à l'époque une manière bien à nous de régler les problèmes de harcèlement à l'école !

Un beau jour, dans un tiroir du bureau de son père, on a déniché un pistolet. Chargé. Faut pas laisser traîner des trucs pareils quand on a des gamins. Le papa parti, on lui a gentiment emprunté son browning pour aller tirer sur des bouteilles. Je vous dis pas le chambard. Mes oreilles en sifflent encore. Ça a ameuté tout le quartier. Qu'est-ce qu'on s'est pris comme torgnoles !

Puis on a grandi.

Une fois que j'ai eu mon permis, il nous arrivait de filer à Maastricht, chercher le shit qu'on revendait ensuite aux copains. C'était il y a longtemps. Maintenant c'est Jean-Marc qui court après les dealers du quartier de la gare !

Je cherche son numéro dans mes contacts, puis je l'appelle. Pas de réponse. C'est vrai, ma foi. Il bosse, lui. Et quand il bosse, il coupe son portable.

Je compose son numéro direct au commissariat. Ça sonne deux fois, puis il décroche.

– Salut Jean-Marc, je te dérange ?

– Je suis au bureau, là.

– Justement. Tu pourrais pas m'aider à...

– Désolé Herman, j'ai du boulot, j'ai vraiment pas le temps...

Il raccroche aussi sec !

Sympa ! Je vais devoir me démerder autrement. Ou attendre que mon cousin se calme. Il est habituellement plus courtois.

Mais une demi-heure plus tard, on sonne à la porte. Le voilà, Jean-Marc !

Il est là, avec son casque sous le bras. Ses cheveux roux en bataille.

Quand il a couru ou qu'il est fâché, il a les joues roses. C'est le cas aujourd'hui.

Très roses, même, les joues. D'emblée, il m'agresse.

– Herman ! *Bass du domm oder wat ?*[1]

– Comment ça ? Con pourquoi ?

Il entre en me poussant à l'intérieur.

– De m'appeler au bureau.

– Et tu veux que je t'appelle comment, par sémaphore ?

– Mais qu'est-ce que tu crois ? Ton numéro est sur écoute. La petite Sofia Da Silva, ça te dit quelque chose ?

– Évidemment que ça me dit quelque chose. Et j'y suis pour rien dans cette histoire d'enlèvement !

– Va expliquer ça à mes collègues.

Il me pousse, s'installe dans le salon et sort ses cigarettes. Il sait que j'ai horreur de ça, mais je laisse faire.

– Bon, tu me voulais quoi avec tes airs de complotiste ?

– Justement, c'est à propos de la petite Sofia. On dit qu'elle a été enlevée à bord d'une camionnette blanche.

– Oui, et alors ?

– J'en ai repéré une suspecte, à Dudelange.

– Bravo, t'as trouvé une camionnette blanche ! Ça, c'est au moins un coup à recevoir la Croix de chevalier de l'ordre de la Couronne de chêne.

– Non, mais attends, de toutes celles que j'ai trouvées, c'est celle qui correspond le mieux et en plus...

Il m'interrompt.

– Dis Herman, tu serais pas occupé à jouer au flic ?

– Je joue pas au flic, je me renseigne. J'ai rien d'autre à faire.

– Eh bien, ne te renseigne pas trop... Les enquêtes, c'est un boulot de professionnel.

– Tu pourras quand même me dire qui sont ces gens.

– Quels gens ?

---

[1] T'es con ou quoi ?

– Ceux de la camionnette.

Je lui file l'adresse sur un Post-it.

Il soupire. Il râle, mais il m'a à la bonne, je le sais. Il glisse en grognant le Post-it dans son portefeuille.

– Puis, encore un petit truc...

Je lui tends un deuxième Post-it.

– ... C'est l'immatriculation d'un copain assez louche d'une fille qui s'appelle Felipa Alves et qui a eu des brettes avec la voisine, la mère de la petite.

Là, il explose.

– Ça va pas la tête, Herman ? Tu me prends pour le guichet des renseignements ?

– C'est vraiment important.

– Mais c'est bidon, tes tuyaux ! Si c'était si facile, mes collègues auraient déjà bouclé l'enquête. Je le savais que tu cherchais les ennuis. Ça ne te vaut rien le chômage.

– Please...

Il regarde le plafond, ferme les yeux, se frappe sur le front.

– Bon... Je vais te les donner, les infos. Tu vas voir que ça ne mène à rien, puis tu vas te calmer, laisser faire les pros, et je ne veux plus jamais en entendre parler !

– OK.

– Et si on te demande pourquoi j'ai débarqué chez toi, tu diras que c'était pour t'emprunter un DVD.

– OK. OK.

Il est sur la bonne voie, je vais pas le contrarier. De sa main gantée, il me désigne ma vidéothèque.

– ... File-moi ton coffret Bruce Lee.

– Celui que tu viens de me rendre la semaine dernière ?

– Mettons que j'étais revenu pour ça. Bruce Lee, on ne s'en lasse pas. J'avais un petit regret. Un dialogue avec des cris de chats que j'avais pas compris.

Je m'exécute.

Il écrase sa cigarette dans le pot d'orchidées. Ma femme va me tuer. Puis, il se lève.

– Je te laisse. Je retourne bosser.

Quand je passe devant la fenêtre, tout à coup, il me fixe.

– Qu'est-ce qu'il t'est arrivé ?

– Quoi donc ?

– Là, à ton œil.

– Quoi, mon œil ?

– T'as un coquart gros comme une sous-tasse.

– J'suis tombé dans l'escalier.

– Déconne pas. Je suis flic. Je sais encore reconnaître un gars qui s'est pris un coup de poing dans la gueule.

Un petit moment de honte est vite passé.

– Eh bien oui, je me suis fait rosser par trois petits cons.

– Et ils te voulaient quoi, ces mecs ?

– Ils s'imaginent que je suis pour quelque chose dans la disparition de ma voisine.

– Tu veux que je m'occupe d'eux ?

– Non, c'est des petits cons, je te dis. Occupe-toi plutôt des trucs que je t'ai demandés.

Mon cousin soupire, lève les yeux au ciel, puis sort de la poche de son blouson une petite boîte siglée Nokia.

– Tiens, prends ça. C'est le vieux téléphone que j'utilise quand je vais pêcher en France. Si on se cause encore, ce sera sur celui-là.

– Quoi ? T'as un portable exprès pour aller à la pêche ?

– Tu ne crois quand même pas que je vais risquer de me faire piquer là-bas mon smartphone à 2 000 euros... Alors si tu m'appelles encore, c'est avec ce Nokia et aucun autre ! Compris ?

– Compris.

Il sort. J'entends sa moto qui s'éloigne en pétaradant.

J'espère qu'il trouvera quelque chose sur mes deux zigues de Dudelange et les copains de l'autre tarée. En attendant, je devrais continuer à piocher dans la liste des camionnettes, mais plus j'y pense, plus je me dis qu'il est inutile d'aller plus loin. Ce sont eux, les Remesch. J'en donnerais ma main à couper.

Alors je fais mon ménage en attendant des nouvelles de Jean-Marc.

Je vide les poubelles, je range le lave-vaisselle, je repasse ma lessive du mercredi.

En passant devant la fenêtre avec mon panier, je vois que ça s'agite là-bas sur le chantier de la maison d'en face. On leur livre encore de la ferraille et du béton, la deuxième fois en huit jours. C'est pas possible, où c'est qu'ils vont mettre tout ça... je te parie que l'architecte s'est mélangé les pinceaux et leur a filé les plans d'un abri antiatomique ! Et bang, voilà une palette qui s'effondre à grand bruit et tous les types tournent autour en agitant les bras et en gueulant.

En choisissant ce village, il y a vingt ans, on croyait venir vivre à la campagne. Le chant du coq, les petits oiseaux, et tout ça.

C'est râpé... Dès six heures du mat, le chambard commence.

D'abord, ce sont les Allemands qui partent bosser en ville, puis les camions, les livreurs, les tracteurs, les camions du chantier, les cris des ouvriers qui s'invectivent. En portugais, en allemand, en volapük. Le soir, tout le monde rentre au bercail, tout en joie. Vroum vroum. Coups de klaxon.

Le week-end, c'est pas mieux. Les randonneurs, les touristes, les Hollandais qui viennent vérifier si Echternach est toujours bien à la place où leurs parents venaient camper, les Belges qui viennent contrôler si les cascades du Mullerthal coulent toujours dans le bon sens. Je vous parle pas des rallyes ; ils l'aiment bien mon coin tranquille, alors ça défile en pétaradant... les Harley, les vieilles deuches, les Fiat de collection. Il n'y a pas quinze jours, j'ai regardé pendant une demi-heure des Trabant multicolores passer sous mes fenêtres, laissant derrière elles une épouvantable odeur de tondeuse à gazon.

Et s'il y avait que le bruit.

Quand ma femme et moi on s'est installés, on était presque tout seuls dans le paysage. Avec vue sur des prairies à vaches. En moins de temps qu'il en faut pour le dire, de vilaines bicoques aux allures de boîte à chaussures ont poussé comme des champignons. Celle qu'ils ont construite en dernier, je l'ai vraiment dans le pif. Déjà qu'elle est moche, mais en plus ses occupants sont des nouveaux riches malpolis qui vont et viennent sans un bonjour. Monsieur est banquier, madame juriste, à moins que ce soit l'inverse ; on roule en BM électrique, Mercedes pour madame. Ils ont fait des petits : deux ados longilignes qui se déplacent le nez dans leur Smartphone, avec le même air avachi que leur père lorsque celui-ci sort les poubelles le jeudi soir. Puis il y a eu une adoption dans la famille : un affreux toutou, très cher, une race en voie de disparition, qui pisse gentiment sur la grille de mon allée. Tous les week-ends de juillet-août, quand ils sont pas à Fuerteventura, c'est barbecue chez ces voisins, midi et soir. Et que je t'enfume le jardin, que je te parfume tout le quartier avec des odeurs de cochon grillé.

Non, on est plus chez soi, que je vous dis. Heureusement que ma femme voit pas tout ça !

Je repasse mes chemises en ronchonnant.

Merde. Déjà midi. C'est fou ce que le temps passe vite aujourd'hui.

Allez hop, je sors du congel une lasagne. Et zou ! Micro-ondes ! On fait dans la grande cuisine. Ne cherchez plus : le Masterchef, c'est moi !

La machine me dit « 10 minutes ». C'est long 10 minutes quand on a faim. Je suis fatigué, je m'accoude sur la table et je patiente. Mais le temps d'attendre que le machin fasse « Ding », je me suis endormi... l'estomac vide.

II.

J'ai dû dormir une bonne demi-heure quand tout à coup, je suis réveillé par une musique débile.

C'est déjà Jean-Marc qui m'appelle. Sur le vieux Nokia.

Il a sa voix de conspirateur.

– Bon, souffle-t-il, je ne t'ai rien dit.

– D'accord.

– Tes bonshommes, c'est un couple, la quarantaine. Le mari est à l'Adem[1]. L'épouse sans profession. Côté justice, pas grand-chose. Une faillite frauduleuse, il y a six ans. La plainte d'une voisine pour tapage nocturne, classée sans suite.

– C'est tout ?

– Oui, à part quelques PV ces dernières semaines. Radar. Toujours à la même place.

– Quel radar ?

– Celui de Gonderange.

– Des enfants ?

– Non.

– OK. Et pour l'autre truc que je t'avais filé : l'immatriculation d'un copain de Felipa Alves. Il était louche, le gars. Et la fille, je ne te dis pas.

– Ta petite piste géniale, tu peux laisser tomber. Tous les potes de cette fille sont déjà dans le collimateur de mes collègues des stups. Des dealers minables qui traficotent

---

[1] « Pôle emploi » luxembourgeois… Pardon, « France Travail ».

à Ettelbruck. S'ils sont pas déjà agrafés, c'est simplement parce qu'on veut être sûr de coffrer aussi leur grossiste.

– Mais... et pour la petite Sofia ? On est sûr qu'ils y sont pour rien ?

– Arrête de déconner. Si ces connards avaient ne serait-ce qu'enlevé le chat de la voisine, on le saurait.

J'en suis pas certain, mais je ne dis rien.

– Voilà ! qu'il continue. T'as tes infos. Maintenant, t'arrête ton cirque, Herman. N'oublie pas que t'es toujours plus ou moins dans le viseur de mes copains.

– Plus maintenant. J'ai un alibi et même pas de camionnette blanche aux vitres fumées !

– S'ils ne trouvent rien, ils reviendront vers toi. T'es le seul en dehors de la famille à avoir des contacts avec la petite. Une camionnette, ça se loue, et un alibi, ça se fabrique. C'est un flic qui te le dit.

Et clac, il raccroche.

Me voilà beau. L'ennemi public numéro 1, c'est toujours moi !

Ma petite enquête ce n'est plus seulement pour voler au secours de la petite Sofia, mais aussi apparemment pour m'éviter l'échafaud ! Ou éviter de me faire lyncher par la populace en colère !

Ne nous égarons pas. La guillotine, ce n'est pas pour tout de suite. Je m'efforce de me concentrer et de revenir sur ce que m'a raconté Jean-Marc.

Avec l'informatique, j'ai appris à être méthodique, à gérer les probabilités. Ne pas trop vite me satisfaire des évidences. Alors, après réflexion, j'écarte Felipa et ses potes.

Pour les autres, les Remesch, c'est beaucoup moins clair !

Résumons-nous. Donc un couple sans histoire. Et sans enfant.

Sans enfant ?

Mais alors... cette chambre. Et puis, je me souviens avoir repéré du courrier de l'Éducation nationale. Pourquoi ?

Et puis ces PV, c'est curieux. Gonderange... C'est bien par-là qu'on passe quand on fait le trajet de Dudelange à chez nous. Et s'il est au chômage, qu'est-ce qu'il est bien venu foutre dans mon coin ces dernières semaines ?

Alors que j'en discute avec ma femme, on sonne à nouveau à la porte.

Ma lasagne attendra.

Jean-Marc m'avait prévenu. Les flics ne me lâchent pas.

Revoici mes deux compères.

Cette fois ils sont accompagnés : un type au crâne chauve et une petite blonde portant une énorme mallette métallique.

– Monsieur Steiner. Nous sommes ici sur ordre du juge d'instruction.

– Qu'est-ce que vous me voulez, cette fois ?

Il me fourgue sous le nez un papier que je n'ai pas le temps de lire.

– Une petite visite avec mes collègues de la scientifique.

Et quoi encore ?

Mais j'ai pas le choix. Je les laisse entrer et voilà ces petites fouines qui parcourent la maison en discutant à voix basse.

À la cuisine, dans ma chambre et la salle de bain, ils me font fermer les volets et éteindre la lumière. Puis, ils passent partout avec une lampe émettant un rayon violet.

– Vous avez perdu quelque chose ?

– Taisez-vous et contentez-vous d'être présent.

Avoir le droit d'être présent chez moi, quel privilège !

Leur petit cinéma a duré une heure, puis ils ont remballé leur matos.

Je les devinais désappointés, une fois de plus.

Jean Majerus ferme la marche. Sur le pas de la porte, il me met à nouveau en garde.

– Je vous prierais de bien vouloir ne pas quitter...

– ... le territoire grand-ducal. Oui, je sais.

Compte dessus... dès demain, je me casse dans les Ardennes !

Et si mon fils était là, il ferait moins le malin, Jean Majerus. Qu'est-ce qu'il lui a filé comme raclées à l'époque ! Paf, *ippon*, pas le temps de dire ouf. Ah, mon fiston ! Un cas ! Tout le contraire de moi. Jamais un mot plus haut que l'autre. Il avance dans la vie, tout en douceur. Le bac, les doigts dans le nez. À 20 ans, toujours aux études, il a créé sa boîte avec des potes. Un truc sur le Net que j'ai pas encore pigé. Meta rachète leur machin et deux ans plus tard, après son Master, le voilà aux States où il joue les Zuckerberg.

Tellement discret, le Joe, que j'ai à peine réalisé qu'il avait filé.

J'aimerais bien parler de tout ça avec lui. Mais il vaut mieux pas que je l'appelle. Lui aussi me dirait de me calmer.

SAMEDI

I.

Je me suis levé de bonne heure pour préparer mon trip en Belgique.

Opération commando. Le superhéros est de retour. Objectifs de la mission : localiser le lieu de détention, libérer l'otage et, si nécessaire, traiter les terroristes.

Bon, mais Gedinne, c'est grand. Un rapide coup d'œil sur Google Maps me confirme que l'habitat est dispersé sur une vaste zone. À supposer que mes lascars y soient bien planqués, comment identifier leur bicoque ?

J'ai bien une idée.

Je compose le numéro du bureau de poste de Gedinne. Une chance que la poste belge continue de desservir les zones rurales !

– Bpost Gedinne, bonjour !

Une charmante voix féminine mâtinée d'un terrible accent ardennais.

– Bonjour, madame. Je suis livreur chez TNT. S'il vous plaît, aidez-moi. Je tourne en rond depuis une heure.

– J'en suis désolée. Que cherchez-vous ?

– J'ai un colis à livrer à un certain monsieur Remesch, mais l'adresse qu'on m'a donnée est apparemment incorrecte.

– Ah oui. Ce sont des Luxembourgeois, il m'arrive de leur déposer du courrier. Quelle adresse aviez-vous ?

Là, elle me prend de court. Je tape au hasard.

— 5, rue de la Gare.

Il y a toujours une rue de la Gare dans ces bleds.

— Effectivement mon pauvre monsieur, ce n'est pas du tout ça !

Et très aimablement, elle me dicte l'adresse exacte, elle m'explique vaguement comment trouver la rue, elle me dit que je la rappelle si j'ai encore un problème, entre collègues, on se serre les coudes.

Le coursier que je suis la remercie, lui envoie mille baisers et raccroche.

En fait de livraison, je monte en voiture et me prépare à filer vers la Belgique.

Mais installé derrière le volant, je me rends compte que mon réservoir est presque à sec. Petit arrêt à la station Q8. Je fais le plein de diesel, puis je vais payer... Et voilà que je tombe sur ce grand abruti de Jean Majerus. Il sort du shop avec, dans une main, un sac dont débordent des paquets de chips et diverses saloperies, dans l'autre, un pack de Mousel Diekirch.

— Alors, Jang, on a perdu son petit copain ?

Il sourit bêtement. Le voilà moins fier que quand il me brandissait sa petite carte de police. Je tape de suite où ça fait mal :

— Vous en êtes où dans votre enquête ? Vous l'avez retrouvée la petite ?

— On cherche.

— Bref, vous n'avez rien.

Il rosit, comme du temps où il se dandinait sur le tatami.

— *Jo... Nee...* Pas grand-chose. On a des pistes.

— Ah bon ?

— En fait, il pourrait bien s'agir d'une fugue.

— Une fugue ? Une gosse de huit ans ? Vous rigolez ?

– On a déjà vu ça. Ses parents la décrivent comme un peu rebelle et fort indépendante.

– Évidemment qu'elle est indépendante, ils sont jamais là !

– En plus, un sac avec des affaires a disparu, ainsi que sa peluche préférée.

– On était lundi. Elle emmène toujours son sac de sport pour la semaine. Elle y met aussi des affaires au cas où elle dormirait chez sa copine Naomi. Quant à la peluche, c'est Monsieur Dodo, une sorte de petit lapin qu'elle traîne toujours avec elle, y compris à l'école.

– Ça ne veut rien dire.

– Et de toute façon, il y a la camionnette blanche.

– On ne la voit pas vraiment monter dedans. La fugue reste une hypothèse à envisager.

J'y crois pas !

– Non mais, c'est quoi votre idée ? Qu'elle s'est barrée avec son doudou pour aller s'engager dans la légion ?

Subitement, oubliant à quel point il est ridicule avec sa gueule d'ange, ses courses et son pack de bière, Majerus a un sursaut de conscience professionnelle.

– Mais en fait, je ne devrais pas discuter de ça avec vous...

– Bien évidemment. Je vous laisse. Bonne chance dans vos recherches.

– Au fait, vous allez où ?

– Visiter ma vieille mère.

La pauvre est décédée il y a plus de quinze ans d'avoir trop fréquenté les médecins, mais cet âne n'en sait rien.

– Vous savez que vous ne devez pas quitter le...

– Oui, je sais.

II.

J'ai quitté l'autoroute depuis un quart d'heure. Je ne dois plus être très loin maintenant.

C'est pas vilain par ici, des maisons de pierre grise, des forêts profondes, des vallées verdoyantes.

Mais mauvaise nouvelle : mon GPS n'a jamais entendu parler de la rue de Gedinne que m'a filée la postière. Je pourrais passer voir la petite dame et lui reposer la question.

Sur le bord de la route, j'aperçois une sorte d'estaminet « Chez Louise ». Ça me dit quelque chose. Ah oui, « Chez Louise », le calendrier des Remesch.

J'ai justement besoin d'un café. Je me gare et je descends. Là-dedans, pour la rue, ils sauront peut-être.

Je pousse la porte. Ça sent la tambouille, le café, le lait chaud. Dans le fond, il y a des bruits de cuisine. Une dizaine de tables, des nappes à carreaux. C'est plutôt cosy, mais y a pas plus de Louise ici que de Mona Lisa. C'est un jeune homme qui m'accueille, un ado dégingandé, avec deux grands bras qui s'agitent et dont il ne sait que faire.

– C'est pour dîner ?

– J'ai pas trop faim. Je prendrai seulement un café.

Il me case à une petite table près de la fenêtre et m'apporte mon café, avec biscuit et dosette de lait.

On fait causette. Il s'appelle Kevin, il est lycéen, et il bosse de temps à autre ici pour se faire un peu de blé. Je suis tombé sur un bavard.

Il parle bizarre avec un drôle d'accent ; on dirait qu'il étire les mots, histoire de faire durer le plaisir quand il les a en bouche. Puis il rajoute partout des lettres qui n'y sont pas, il en supprime d'autres.

– Vous connaissez les Remesch ?

– Je n'sais nin ? C't un film ? Une BD ?

– C'est des Luxembourgeois qui ont une maison de vacances dans les environs.

– Des qu'ont une plaque jaune ?

– Oui.

– Parfois, y passent. Pou l'dîner.

– Ils sont comment ?

– Pas sympa.

Ah, au fait, la rue ! Je lui demande...

– C'est nin une rue, c't'un chemin.

Il m'explique. En dehors du village, sur la route de Daverdisse, quelque part sur la gauche après la route de Bouillon.

Puis il papote, il papote encore. Je crois que je suis son seul client de la journée et que le pauvre a besoin de se défouler. Il est bien gentil, mais il me saoule un peu avec toutes ses histoires et son accent.

Je lui allonge la monnaie, un bon pourboire, puis je regagne la voiture et je démarre à fond la caisse.

Les Remesch, accrochez-vous, me v'la qu'arrif !

Merde ! Faudrait nin que je m'mette à causer comme l'Kevin !

Malgré les explications du Kevin, j'ai eu bien du mal à trouver la planque des Remesch.

C'est un chalet, perdu au fond des bois, plus exactement au bout d'un chemin forestier que n'empruntent que les 4x4... et les camionnettes blanches.

Et cette camionnette, je la vois. Là, garée de guingois. Plaque luxembourgeoise, vitres fumées.

Je me suis arrêté à l'entrée du chemin et de loin, j'examine la baraque.

Autant leur jolie villa de Dudelange était plutôt clean, autant ici c'est le boxon. Tout un fouillis de ferrailleur s'entasse sur l'un des côtés du chalet, des caisses vides, de vieux tonneaux en plastique bleu, des outils rouillés. Les châssis s'écaillent, le toit est rafistolé avec des morceaux de roofing et les panneaux de bois auraient bien besoin d'une couche de peinture.

Sur le terrain, brûle un feu qui répand une fumée âcre dans tout le sous-bois. Il n'y a pourtant personne en vue.

Pour parvenir au chalet, il faut parcourir sur une cinquantaine de mètres à découvert un chemin caillouteux. Au seuil de la propriété, tel un message de bienvenue, la boîte aux lettres rouillée est surmontée d'un panneau aux lettres baveuses : « terrain privé, défense d'entrer ». Prudent, je vais me garer un peu plus loin, je descends de voiture et je fais un large détour par le bois.

En marchant j'ai comme un doute. Qu'est-ce que je fous là ? Et si ces gens étaient vraiment dangereux ? Herman, t'es dingue... Mais trop tard pour reculer.

Je marche courbé. Les petites branches, les feuilles crissent sous mes semelles. Pas facile de rester discret. Pourtant, alors que je ne suis plus qu'à quelques mètres du chalet, je ne vois toujours aucune trace de présence humaine.

Allons-y voir.

Sous l'une des fenêtres, je piétine un parterre de malheureuses roses afin de jeter un coup d'œil à l'intérieur.

C'est un salon-salle à manger rustique, avec un feu ouvert. Des assiettes en étain sur la cheminée, des photos d'animaux au mur, un divan décoré d'un patchwork en laine. Dans un coin, une petite cuisine avec de la vaisselle sale. Une casserole qui fume.

La table est joliment mise. Des bougies, des serviettes de couleur. Trois assiettes. On a préparé un charmant repas de fête. Mais quelque chose me dit que c'est pas pour moi.

Un détail attire mon attention. Un petit sac à dos rose est posé dans un coin. Je le reconnais. C'est celui de Sofia. Impossible de me tromper. Je distingue parfaitement le smiley que j'ai collé sur le côté pour réparer un accroc qu'elle y avait fait.

Je me hisse pour mieux voir.

Subitement, on hurle dans mon dos. Une voix de crécelle.

– Qui êtes-vous ? Que faites-vous là ?

Je me retourne.

J'ai devant moi une bonne femme plantée dans des bottes en caoutchouc. Grasse, plutôt moche, mal attifée, de grosses lunettes. Pas le temps de trouver une excuse bidon. Elle m'a vu regarder par la fenêtre. Ce que je faisais là, je pense qu'elle l'a compris.

— Où est Sofia ? que je lui lance.

La rombière pointe vers moi, menaçante, les cisailles de jardinier qu'elle a à la main.

— Y'a pas de Sofia ici. Foutez le camp !

— Je sais qu'elle est là. Je viens de voir sa sacoche dans la maison.

— Et alors ? C'est pas vos affaires.

Cette bonne femme me dit quelque chose. Je pense l'avoir vue à l'école, un jour où c'est moi qui étais allé chercher Sofia. Je croyais la dame occupée à attendre ses enfants ou petits-enfants.

— Soyez raisonnable, madame, ses parents s'inquiètent.

— Ces deux-là la regardent à peine, et nous, ça fait cinq ans qu'on attend une adoption. La petite reste chez nous ! Cassez-vous !

Une adoption. J'aurais dû y penser. Il y avait la chambre d'enfant et ce courrier de l'Éducation nationale. Au Luxembourg, c'est ce ministère qui s'occupe des adoptions.

Je tente de la calmer.

— Vous savez, ce genre de demande ça prend toujours du temps. Soyez patient, je suis certain que ça va s'arranger très bientôt.

Le ton monte, c'est peu dire.

— Non, ça ne va pas s'arranger ! Toute la société est contre nous ! Ces salauds viennent de nous écrire que nous étions définitivement inaptes. Inaptes ! Alors qu'on est Luxembourgeois, qu'on a une maison. Les enfants, c'est pour les gens qui peuvent s'en occuper, pas pour ceux qu'en ont rien à foutre. Inaptes ! Inaptes ! Vous vous rendez compte ?

Oui, que je me rends compte ! Ces gens sont foldingues. Il y a des formations pour négocier avec des individus comme ceux-là, mais c'est pas un cursus que j'ai suivi.

Je perds patience.

– Bon ça suffit ! Je vais chercher Sofia et je repars avec elle !

Elle gueule et me crache à la figure.

– Ça, tu peux courir, *Aaschlach* [1] !

La voilà qui s'avance vers moi en brandissant ses cisailles. C'est pas pour les roses, c'est pour ma pomme. J'ai déjà pris une branlée avant-hier sur mon parking, j'en prendrai pas une seconde.

Il y a une pelle posée contre le mur. Alors, je l'attrape et je me prépare à accueillir la charge. Quand la Remesch n'est plus qu'à deux pas, je lui file un bon coup de binette. Prends ça ma vieille !

Pan ! Explosé, son brushing !

La bonne femme chancelle, puis s'effondre au milieu d'un tas de cageots. J'aurais préféré éviter ça, mais tant pis.

Un bruit derrière moi, je me retourne. Merde ! C'est son vieux qui rapplique. Il est debout dans l'entrée, les yeux écarquillés. Le gars a dû sortir en catastrophe de son trou en entendant bobonne crier. Un grand maigre. Il a du savon sur le côté droit du visage. Monsieur se rasait. Pour le look : pantalon de velours, marcel, une serviette sur l'épaule, une paire de tongs. Le top du top de l'élégance !

Quand le bonhomme voit sa femme par terre, il hurle et fonce sur moi.

---

[1] Trouduc.

Paf, recoup de pelle sur la gueule. Putain, il est solide le gars ! Il pisse le sang, mais reste debout.

Pire, il m'allonge un coup de poing et c'est de justesse que je l'évite.

Deuxième coup de binette. Cette fois, il s'écroule et rejoint sa femme dans son tas de cageots.

Mon petit cœur bat la chamade. La castagne, c'est plus vraiment de mon âge.

Je pense un instant à repartir au galop pour appeler les flics. Mais, et Sofia ? Je ne peux pas la laisser chez ces dingues. Je monte quatre à quatre les escaliers de bois et pénètre dans le chalet. Inutile d'inspecter le rez-de-chaussée, si la petite est dans la baraque, elle se trouve certainement dans les chambres.

Une dizaine de marches qui grincent et je me retrouve sur un palier tout lambrissé.

Je ne dois pas chercher longtemps. Je découvre Sofia dans l'une des chambres mansardées, dormant paisiblement sous une couette.

J'écarte le couvre-lit. La gamine porte toujours ses vêtements de lundi, elle semble aller bien. Sauf que quand j'essaye de la réveiller, rien n'y fait. Je pense que ces salauds l'ont droguée. Je la prends dans les bras et je descends les escaliers. Vite. Filer rapidos avant que les deux tarés ne retrouvent leurs esprits.

Tout à coup, je m'arrête net. Le clebs ! J'y avais pas pensé à celui-là.

Il est là, la gueule ouverte, entre moi et la sortie. J'y connais rien en clébard, mais c'est le genre pitbull, rottweiler, ces gentils toutous qui vous partent avec le bras. J'aurais préféré que les Remesch craquent pour un caniche ou un chihuahua.

Je reste figé. Les clebs et moi, ça fait deux.

Merde, il s'approche. Il me renifle. Il va me bouffer tout cru... Mais non, il me lèche la main et fait aller son bout de queue. Gentil chien-chien !

Bon, c'est pas tout ça, je dois me ressaisir.

Je sors. Sofia sur l'épaule et le chien qui me suit.

On passe à côté des deux vieux, toujours dans le cirage. Apparemment le chien s'en contrefiche. D'avoir cassé la pipe à ses deux maîtres me vaut peut-être un élan de sympathie de sa part.

Je cours, la tête de Sofia dodeline sur mon épaule. Jusqu'à ma bagnole, il n'y a qu'une centaine de mètres à parcourir, mais ils me paraissent interminables.

Enfin j'arrive à la voiture et j'installe la petite Sofia comme je peux sur le siège arrière. Le chien monterait bien avec. Désolé mon vieux, on affiche complet. Je claque la portière et je démarre.

C'est parti, mon kiki ! Retour au bercail !

Dans mon rétro, je vois, debout au milieu du chemin, le type qui avance en titubant, brandissant son poing. Et le chien tout penaud qui reste planté sur le bord de la route. J'appuie sur le champignon. Des fois qu'il leur prendrait l'idée de me courir après avec leur poubelle. Mais rien de tout cela. Je suis presque seul sur les routes de campagne.

Alors que je rejoins l'autoroute, je m'apaise enfin. C'est pas trop pour moi ce genre d'opération GIGN.

La radio qui fonctionne en sourdine passe de la musique douce et murmure à l'heure pile un bulletin d'information. On y dit qu'on recherche toujours la petite Sofia Da Silva.

Ne cherchez plus !

À hauteur de Steinfort, justement elle se réveille.

– Monsieur Herman ?

– Alors, princesse, bien dormi ?

– On va où ?

– Je te reconduis chez toi !

– Vrai de vrai ?

– Puisque je te le dis ! Ils t'ont pas fait de mal ces deux lourdingues ?

– Ben, en tout cas je veux plus les voir ceux-là.

Alors elle me raconte.

– La dame m'attendait à l'école. Je la voyais souvent à la sortie. Elle m'a dit qu'elle me connaissait bien et qu'elle connaissait bien ma maman et que cette fois c'est elle qui me ramenait.

– Et après ?

– Après, elle m'a fait monter dans leur camionnette, puis on est pas rentré chez moi comme elle avait dit, mais on a roulé longtemps et on est arrivé à une maison dans les bois. Là, ils m'ont expliqué que mes parents ne pouvaient plus s'occuper de moi. À cause du magasin. Que c'est eux qui allaient s'occuper de moi. Je devais les appeler Monni et Tatta [1].

– Ah bon ?

– Moi, je voulais pas. Je voulais rentrer à la maison.

– Et t'as fait quoi ?

– J'ai pleuré, j'ai crié. Alors ils se sont fâchés. J'ai été punie. Y a que le chien qui était gentil. Il s'appelle Polak. Quand je pleurais, il venait me lécher.

– J'ai vu qu'il était gentil. Peut-être qu'une fois on pourra retourner le chercher.

– Oui, mais sans moi. Je retourne plus là.

– T'as raison. Et après qu'est-ce qui s'est passé ?

---

[1] Oncle et Tante.

– J'ai pas voulu manger ni jouer avec Monni. Ils m'ont dit d'aller dans ma chambre et ils m'ont obligé à boire un verre de lait dégueulasse.

– On ne dit pas « dégueulasse », Sofia.

– Oui, mais il était vraiment dééégueulasse !

J'imagine. Du bon lait au Lexomil, histoire de la calmer. Ils ont dû forcer la dose.

On arrive sur le contournement. Je ne peux pas débarquer comme ça avec la fille. Vaut mieux prévenir les flics. En conduisant d'une main, je chipote au téléphone que m'a donné Jean-Marc.

– Il faut pas téléphoner quand on conduit !

– C'est vrai, mais là, c'est une urgence.

– Maman elle a dit à papa que même que c'est une urgence, on doit s'arrêter pour téléphoner.

Quand un gosse de maintenant a une idée en tête...

– Ta maman a raison, je ne le ferai plus !

Jean-Marc décroche.

– Herman ? Alors, t'as du neuf dans ta petite enquête à la con ?

– Pas un peu. Je ramène la petite !

– Comment ça ?

– Ben je l'ai retrouvée. Je la ramène.

Il y a un blanc.

– T'es dingue, Herman.

– Tu me l'as déjà dit. Tu peux prévenir tes collègues ? Je serais chez les Da Silva dans une vingtaine de minutes.

– Tu peux être sûr que je vais les prévenir !

– Attends, j'ai pas fini.

– Quoi encore ?

– Je vais te donner une adresse. Les deux dingues qui l'ont enlevée y sont sans doute encore.

Je lui dicte. Il raccroche.

Derrière, la petite Sofia s'est à nouveau endormie.

Dans mon rétro, je la vois qui sourit. Elle rêve peut-être de Polak, le clebs aux grandes dents et au grand cœur. À moins que ce soit à ses boutiquiers de parents qu'elle va bientôt retrouver. Je doute par contre qu'elle rêve de reprendre les conjugaisons qu'on avait entamées la semaine dernière.

À propos, merde, j'ai oublié son sac d'école dans le chalet !

IV.

nfin de retour.

Oups. Il y a comme qui dirait un comité d'accueil.

Deux combis de police, une voiture civile avec gyrophare, puis toute une bande de gaillards qui font le pied de grue, avec ou sans uniforme. Parmi eux les incontournables Laurel et Hardy de la PJ : Jean Majerus et Mike Schmitt. Noyés dans la masse, les Da Silva, rayonnants.

Je klaxonne joyeusement pour annoncer mon arrivée, ce qui réveille la petite.

À peine ai-je arrêté la voiture que Sofia défait sa ceinture et se précipite rejoindre ses parents. Madame Da Silva la serre dans ses bras, à se demander si elle ne va pas l'étouffer. Puis c'est au tour de monsieur, d'habitude toujours si froid, de la couvrir de baisers.

Alors que se déroulent ces touchantes embrassades, me voici entouré par les sbires de la maréchaussée.

Jean Majerus me toise et se compose une mine des plus sévères. Il peut faire le dur, je revois quand même, couché sur le tatami, le petit bonhomme auquel mon fils avait fait lamentablement mordre la poussière.

— Monsieur Steiner, je vais vous demander de nous suivre !

— J'ai le choix ?

— Pas vraiment.

Je monte dans leur bagnole, à l'arrière, avec le copain de Majerus qui me serre de près. Il me regarde, me lance des regards pleins de suspicion. Il croit quand même pas que je vais sauter en marche.

On démarre, gyrophare allumé.

– Vous me conduisez où ?

– Au bureau. On a pas mal de questions à vous poser.

On passe le Mullerthal. Majerus râle à cause des travaux. Gyrophare ou pas, un chantier ça reste un chantier. Puis on rejoint la route nationale. Je profite du trajet pour leur expliquer. La camionnette blanche, la villa des Remesch, leur chalet à Gedinne, la petite, droguée sur son lit, et tout ça.

Ils m'écoutent. Distraitement.

– On verra au bureau, qu'ils disent.

Leur bureau on y arrive. C'est à Hamm, un grand immeuble vitré. Style siège social d'une multinationale. À peine suis-je entré, qu'on me confisque mes clés, ma montre, mon portefeuille, mon téléphone.

– Qu'est-ce que vous allez faire avec tout ça ?

– Rien. On vous le met de côté. C'est le règlement. On vous le rendra.

Majerus m'introduit dans une petite pièce, avec juste une table et deux chaises. Pas de fenêtres.

– Mettez-vous là en attendant, on a des vérifications à faire.

Je ne suis pas contrariant. Je m'assieds gentiment.

Ça dure des plombes. Je ne peux pas dire combien, vu qu'ils m'ont chauffé ma montre. Finalement, Majerus rapplique.

– Venez avec moi.

Ils m'emmènent dans un bureau.

Un peu plus agréable que le précédent. Une belle fenêtre donnant sur un patio, des sièges capitonnés et un ordinateur dernier cri. Ils me font asseoir et me demandent de confirmer que je m'appelle bien comme je m'appelle.

– Non, mais, Jean, tu le sais bien comment je m'appelle, c'est même pour ça que je suis ici !

– C'est la procédure, monsieur Steiner.

– Voilà, c'est bien ça... Steiner, je m'appelle Steiner, Herman Steiner.

– Veuillez nous expliquer par le détail comment il se fait que nous ayons découvert la dénommée Sofia Da Silva dans votre véhicule.

– Vous ne l'avez pas découverte, je vous l'ai amenée !

Je vois qu'il commence à s'énerver.

– Mettons. Donnez-nous votre version des faits.

– Comme ce que je vous ai raconté plus tôt dans la voiture ?

– C'est bien ça.

Je le savais qu'ils n'avaient pas écouté !

Je leur réexplique tout.

Il tape sur son ordi, avec deux doigts. Après chaque phrase, je dois m'arrêter et l'attendre. Ils n'ont pas un cours de dactylographie à l'École de police ?

Finalement, il imprime une feuille et me la tend pour que je signe.

Je lui fais remarquer deux fautes d'orthographe : un pluriel et un accord du participe passé.

Il corrige en ronchonnant et me retend la feuille. Cette fois, je signe. Ma femme me dit toujours de ne jamais rien signer le jour même. Aujourd'hui, j'ai pas trop le choix.

– Voilà, que je dis...

Et je me lève.

– Maintenant, je veux rentrer chez moi.

Majerus se lève aussi et prend ses grands airs.

– Je ne pense pas que ce soit possible, monsieur Steiner. Vous êtes inculpé d'enlèvement et de séquestration de mineur.

– Hein ? Mais vous les avez, les coupables !

– On a rien du tout. Ne seraient-ce vos propres affirmations.

– Je vous ai donné leurs noms, leurs adresses au Luxembourg et en Belgique. Qu'est-ce qu'il vous faut de plus ?

– La villa de Dudelange est vide et on y a relevé rien de suspect. De même que ce chalet en Belgique.

– Mais dedans, il y a certainement des affaires de la petite ? Et les deux dingues ? Ils sont où ? On les a arrêtés ?

– Non.

– Comment ça, « non » ?

– Nos collègues belges sont en attente de la commission rogatoire pour intervenir.

– Et ça prend combien de temps votre commission machin ?

– Un jour, deux, parfois plus. Ça dépend du juge.

Je connais l'administration, je vois le coup qu'ils vont me garder plusieurs jours. Pour changer mon permis de conduire, ça leur avait pris trois semaines. J'ai pas que ça à faire, moi ! C'est qui qui va arroser mes plantes vertes ?

V.

On quitte leur bureau et nous voilà repartis en voiture. J'en aurai fait des kilomètres aujourd'hui, et avec chauffeur, s'il vous plait !

Ma femme disait souvent qu'elle m'avait épousé parce que je la faisais rire. C'est un bon côté de mon caractère qui m'est un peu passé. Il faut dire que pour le moment, j'ai plus trop envie de rigoler. Mes deux zigues ne pètent pas un mot. Quand je leur pose une question, j'ai juste droit à des grognements ou des monosyllabes. Bonjour l'ambiance ! J'ai l'impression d'être un macchabée qu'on trimbale en corbillard.

Cette fois on roule vers le sud, l'autoroute d'Esch. Je regarde les panneaux. On tourne vers Sanem. Un coin que je ne connais pas. Enfin, on s'arrête devant un immense ensemble bétonné.

– Vous passerez la nuit ici.

Sur le bâtiment, il est inscrit en lettre d'argent « Centre pénitentiaire d'Uerschterhaff ». C'est le nom de mon hôtel.

On me présente à la réception. Ma chambre est réservée. Inutile de sortir ma Visa, c'est l'État qui paie.

Je passe sous un portique, je vide ce qu'il reste dans mes poches (un mouchoir, un ticket de caisse, un vieux masque chirurgical). Un gentil monsieur en uniforme me prend en charge et part avec moi dans les couloirs.

– J'ai pas ma brosse à dents.

– Demain à l'économat, vous pourrez acheter tout le nécessaire.

– Et j'ai pas mangé.

– Vous voulez que j'appelle le service d'étage ?

Je sens dans sa réponse un brin d'ironie.

Bon, je dois me faire une raison. Je me retrouve incarcéré comme le dernier des braqueurs. Demain, c'est décidé, j'appelle Amnesty International. Ils s'occupent de cas comme ça, non ?

Le gars m'ouvre une sorte de porte de frigo et me pousse à l'intérieur.

Clic-Clac. Nous y voilà... C'est donc ça, la taule !

Je suis seul en cellule. Une chambre de Formule 1, en un peu plus rustique, et avec le mobilier fixé aux murs. Il faut reconnaître, c'est pas Alcatraz. En plus, nous sommes joliment installés en pleine campagne. Par la fenêtre, ce sont des champs et des bois à perte de vue. Il y aurait pas ces vilains barreaux horizontaux, ça me plairait.

Je crâne, mais en réalité, je suis un peu perdu. Qu'est-ce que je fous ici ? Y a un truc qu'est sûr, c'est que j'ai merdé quelque part.

Assis sur l'unique chaise de la cellule, j'attends, des fois que quelqu'un viendrait, pourquoi pas le directeur en personne, pour m'annoncer qu'il y a erreur, qu'on s'est trompé, qu'on est désolé, que je suis un héros de la nation, qu'on va me reconduire en taxi à la maison avec les excuses du gouvernement...

Mais non. Il se passe rien.

Finalement, je me couche sur le lit, tout habillé, avec l'estomac qui gargouille.

Je reste à fixer le plafond, écoutant les bruits de pas dans le couloir, des appels, des sons étouffés. L'atmosphère étrange des prisons.

Pendant de longues minutes, je somnole. Impossible de fermer l'œil.

Puis, tard dans la nuit, sans m'en rendre compte, je tombe endormi.

DIMANCHE

I.

Un bruit de porte. Je me réveille en sursaut.

J'suis où ?

Merde ! La taule !

Mon sympathique geôlier se tient debout dans l'encadrement de la porte. Il laisse passer un type qui me dépose un plateau sur la table.

Les deux gars me laissent devant un café et quelques tranches de pain, une dosette de confiote et deux tranches de fromage emballées dans du plastique. J'enlève une étoile à l'hôtel Formule1.

J'ai à peine le temps de finir mon petit-déj' que mon geôlier rapplique.

– Vous avez de la visite.

Une visite ? Ma vieille tante ? Mon agent d'assurance ?

Je suis docilement le bonhomme.

Mon gardien est un type aux cheveux blancs, avec de bonnes joues et un peu de ventre, pas l'air vraiment méchant. Soyons civils.

– Vous vous appelez comment ?

– Raymond.

– Moi, c'est Herman.

Il hoche la tête. J'en tirerai rien de plus.

Raymond me balade dans les couloirs, puis m'introduit avec son badge dans une petite pièce. Deux chaises, de part et d'autre d'une table, et sur l'un des sièges, un type qui me regarde d'un air goguenard.

– Je t'avais bien dit que t'aurais des ennuis.

C'est Jean-Marc, dans son bel uniforme. Les cheveux roux en bataille.

– Je le vois bien !

– T'es dans la merde, mon petit vieux. Bien profond.

– Qu'est-ce qui va m'arriver ?

– T'es inculpé. Enlèvement, séquestration de mineur. C'est du lourd.

– Tu sais très bien que j'ai rien fait de tout ça.

– Le problème ça va être de faire avaler ça au juge. T'as cinquante balais, t'es un homme seul, on te retrouve avec une gamine dans ta bagnole, une petite disparue depuis deux jours, qui apparemment parle de toi comme d'un gentil tonton. Tu coches toutes les cases, mon pote.

– *O vreck*[1] ! Qu'est-ce qui va m'arriver ?

– La machine est lancée. Le problème c'est que t'es tombé sur le tribunal de Diekirch. C'est pas des gentils. Ils vont expédier ton affaire illico. C'est pas tous les jours qu'ils se font un prédateur sexuel.

– Qu'est-ce que je dois faire, alors ? Prendre un avocat ?

– Ça, c'est sûr. Cela dit, ça va te coûter une blinde et si tu tombes sur un mauvais, tu peux être sûr de rester en taule pour les prochaines décennies.

Je suis verni ! Heureusement, Jean-Marc poursuit :

– Je te rassure un peu, c'est pour ça que je suis là : un baveux, j'en connais un, moins mauvais que les autres. Tu l'auras demain. Mais ceux d'en face, je sais comment ils sont, ils feront tout pour que tu le voies le plus tard

---

[1] Merde !

possible. C'est la course entre les gentils et les méchants.

– C'est qui les gentils ?

– À toi de voir...

– Bon, et en attendant, je fais quoi si tes copains viennent me rechercher ?

– Raconte ton histoire en détail. Répète-la encore et encore. Sans te contredire. Sans enjoliver. Sans rien oublier. La moindre broutille foireuse que tu leur sortirais, ça va te revenir dans la figure.

– Pigé !

– Evidemment, pas un mot sur les tuyaux que je t'ai refilé !

– Evidemment.

Il pose alors un grand sac plastique sur la table.

– Je t'ai amené de quoi te changer et te laver. Comme j'ai une clé de chez toi, j'ai fait tes placards. Essaye d'être présentable pour la suite des événements, avec tes fringues tirebouchonnées, t'as l'air d'un vrai clodo.

– OK, merci.

Là, il se lève.

– Et un dernier conseil, Herman : cette fois, ta grande gueule, tu ferais mieux de ne pas la ramener.

– On me l'a déjà dit.

Il m'embrasse. C'est pas son genre. Mon cas doit être vraiment désespéré.

– Au fait, qu'il dit, je suis jamais venu te voir. C'est un pote qui m'a fait entrer. Incognito. T'as compris ?

– Capito.

Retour en cellule avec Raymond sur les talons. Mais quand le gardien m'ouvre la porte et que je redécouvre mon petit cagibi, me voilà soudain claustrophobe.

– J'étouffe dans cette cellule. Je tiendrai plus longtemps là-dedans.

– C'est que j'ai de mieux à vous offrir, mon prince !

– Il y a pas une salle de sport, une cantine, une cour de promenade, histoire que j'aille prendre un peu l'air ?

– On a pas d'instructions vous concernant, on verra la semaine prochaine. Pour l'instant, vous restez ici.

Je m'incline devant la force de la loi et j'entre en soupirant.

La porte se referme, me laissant seul avec mes idées noires. Car franchement, j'suis un peu raplapla.

Il a raison le Jean-Marc, je vais faire profil bas. Oui, ma grande gueule m'en a déjà joué des tours. Et ça date pas d'hier.

Tout gamin déjà, j'ai senti que je n'étais pas comme les autres. Les choses se sont révélées au grand jour dès que j'ai pu parler. J'avais réponse à tout, je voulais toujours avoir le dernier mot. Mes parents, puis mes instituteurs n'ont jamais réussi à me faire taire.

À cause de ma mère, on parlait français à la maison et quand mon vieil instit écharpait ma belle langue, je ne me gênais pas pour le lui faire remarquer. J'en ai pris pour mon grade. Très vite, je suis devenu pour tous le *Heckefransous* [1] et mes notes se sont effondrées. Plus tard, avec les filles aussi, j'ai roulé des mécaniques. Pas sûr que c'était la meilleure des choses à faire pour en avoir une dans mon lit... J'en ai pris des râteaux.

Mes premiers boulots, c'était galère sur galère. Impossible pour moi de supporter la hiérarchie, mesquine, en-

---

[1] Appellation très péjorative pour désigner en luxembourgeois les Français, en particulier ceux de Lorraine.

quiquineuse. À la moindre remarque, je discutaillais. Plus on m'engueulait, plus j'en remettais une couche. Et quand, à bout de ressources, je pétais un câble, j'avais droit à une sortie sans parachute doré. Mon temps chez un employeur, c'était en moyenne 3 mois.

Alors, j'ai rencontré ma femme. Elle savait s'y prendre avec moi. Du jour au lendemain, je me suis calmé. Enfin, presque. Je suis entré chez Logistix, c'était la première boîte où je me suis senti bien. Une vraie famille, qu'ils disaient. Jusqu'au jour où...

Mauvais souvenir. Mieux vaut ne pas ressasser.

De tout ça, j'en parlerais bien à ma femme, mais ici, sans sa photo, je la sens étrangement absente. C'est pourtant bien elle qui m'avait conseillé de me lancer dans ce merdier.

Tout seul dans ma cellule aux murs gris, elle me manque terriblement. Je repense à elle et j'ai un drôle de truc qui se bloque dans ma gorge.

Quand on s'est connus, j'avais 25 ans. Elle en avait 28 et beaucoup plus de jugeote que moi. C'était une rencontre banale. Elle était paumée place du Glacis, le nez dans un plan de la ville. Elle cherchait comment aller au musée d'histoire naturelle. J'lui ai expliqué, puis j'y suis allé avec elle, histoire qu'elle se perde pas. Les petites bêtes empaillées, c'était pas trop mon truc, mais j'ai quand même fait la visite. Comme elle était plutôt mignonne, après, je l'ai invitée à prendre un verre dans un café du Grund. Puis, on s'est revu. Plusieurs fois. J'ai fait l'approche en douceur, mais quand à notre troisième rencontre, j'ai commencé à fanfaronner, je suis tombé sur un os. Je pensais avoir l'air malin en lui expliquant comment j'avais rembarré mes patrons, mes dernières petites amies, mon voisin de palier, mon facteur et mon banquier. Un vrai dur, quoi. En réalité, avec mon caractère de cochon, je foutais ma vie en l'air. Elle m'a écouté patiemment, puis elle m'a sorti tout de go. « Tu ne peux pas avoir raison contre toute la planète, Herman. C'est un combat perdu d'avance et qui te détruit à petit feu. »

Elle avait pas tort. Ça m'a fait un choc. « Alors, je dois faire quoi ? », que je lui ai dit. Elle m'a regardé. Dans ses yeux, un étonnant mélange de tendresse et de détermination. « Eh bien, je vais m'occuper de te recadrer, mon p'tit vieux ! ». Qu'est-ce qui lui a pris ? J'en sais rien. Peut-être que dans ma dérive j'étais touchant ? Mais c'était une vraie vocation que de remettre un type comme moi sur les rails. Je me suis accroché à elle comme à une bouée de sauvetage. Elle m'a botté les fesses, puis a passé presque vingt années de sa vie à me houspiller... jusqu'à son dernier souffle.

« Je ne serai bientôt plus là pour te faire marcher droit, Herman, alors tu n'auras qu'à regarder une photo de moi. Si tu déconnes, je te le dirai. »

À cet instant, dans cette cellule de merde, j'aurais vraiment aimé que ma femme me dise quelque chose. Peu importe quoi, mais quelque chose. Mais là, rien... Elle me laisse à mes doutes et mes idées noires. J'ai envie de pleurer. Qui aurait cru ça d'un mec comme moi ?

LUNDI

I.

J'ai moins mal dormi que la nuit précédente.

Un rayon de soleil passe à travers les barreaux. En d'autres temps, d'autres lieux, je me serais dit : « Voilà une belle journée qui commence ! »

Une clé joue dans la serrure et la porte s'ouvre. Mon ami gardien est de retour.

– Et alors Raymond, mon plateau-repas ? Je prendrais bien un petit café et un *Schoklasrull*.[1]

– Pas le temps, mon vieux. Il y a du monde pour vous. Allez, hop ! Et prenez votre veste.

J'obtempère.

Après avoir parcouru les couloirs, on arrive au greffe où je découvre Jean Majerus qui fait le pied de grue. Comme mon gardien, il s'impatiente.

– Ah, vous voilà. Venez, nous sommes pressés.

– Pressés, pourquoi ?

– Je vous emmène en promenade.

– C'est bien aimable à vous. On va où ?

– Vous le verrez bien. Tendez les mains.

Je m'exécute, il me passe les menottes.

– C'est indispensable, les jolis bracelets ?

– C'est la procédure.

Il me gonfle avec sa procédure.

---

[1] Pain au chocolat ; chocolatine.

Majerus signe un papier, puis nous quittons les locaux de la prison.

Dans la voiture, c'est l'autre zouave qui est au volant.

On m'installe à l'arrière et nous partons. La nuit avait été courte, mais finalement elle m'avait fait du bien. Je retrouve un peu mes moyens.

– Où c'est qu'on va cette fois ?

Je lui pose deux fois la question. Agacé, il finit par me répondre.

– Chez le juge d'instruction, à Diekirch.

J'en reviens pas. Un juge ? Et pourquoi pas le Grand-Duc ? Non mais, ça commence à bien faire ! J'ai tué personne. À peine deux ou trois petits coups de pelle.

– Qu'est-ce qu'il me veut le juge d'instruction ? Ça va durer longtemps tout ce cirque ? J'ai autre chose à faire !

– Ah oui ? Et quoi donc ? Vous êtes au chômage.

– Pas exactement. Je suis en période de préavis.

– Non presté.

– Oui.

– Donc vous n'avez rien de mieux à faire !

C'est vrai, j'ai oublié... Ma grande gueule.

Je la ferme pendant tout le trajet. Dans les films américains on répète à l'envi : « Tout ce que vous direz pourra être et sera utilisé contre vous. » C'est un bon conseil, Herman : boucle-la !

Le silence s'installe donc dans l'habitacle. Pour une fois que ce n'est pas moi qui conduis, je profite du paysage. Je pensais qu'on monterait sur l'autoroute, mais non, notre chauffeur prend les petites routes par Dippach, Mamer et Kopstal. Il fait beau et le copain de Majerus roule comme un pépère. Ça me donne le temps de réfléchir.

J'ai été con. Il avait raison mon cousin. Débarquer avec mes gros sabots dans cette histoire, c'était pas le plus malin de ma part. Aujourd'hui je me suis mis dans la merde. Comment expliquer à tous ces crétins que c'est moi le chevalier blanc ? Je passe pour quoi, maintenant ? Le complice des deux tarés de Dudelange ? N'empêche, elle en serait où, la petite, si je l'avais laissée entre les pattes de ces deux malades ?

II.

Voilà qu'on débarque à Diekirch.

On se gare place Guillaume, au pied de l'église, puis Majerus et son collègue m'escortent jusque dans le palais de justice. Ils ont l'air tout fiers, comme s'ils encadraient le Marc Dutroux grand-ducal. Calmez-vous les gars, vous commencez à me filer les jetons !

Nous montons à l'étage par le grand escalier. Là on me fait asseoir. Sous ces hauts plafonds, on se sent tout petit. Je suppose que c'est le but recherché. Le temps passe et on patiente toujours.

– *Ech muss pisse goen...*[1]

– Ça ne peut pas attendre ?

– Je ne crois pas, non.

À contrecœur, Majerus m'accompagne aux toilettes.

– Tu m'enlèves les menottes, Majerus ? Ou tu comptes me la tenir pendant que je pisse.

Il hausse les épaules et m'enlève les bracelets.

Je pisse.

Il me remet les menottes. Et on retourne s'asseoir.

Ça circule de partout, ça cause dans les couloirs, ça s'active dans les bureaux, mais nous, on poireaute toujours. Je dois vraisemblablement attendre mon tour, derrière un braqueur de banque ou un voleur de mobylettes. Maman, si tu me voyais !

Voici qu'arrive la famille Da Silva. Il y a monsieur, tout endimanché, et sa madame, tenant par la main la petite

---

[1] Je dois pisser...

Sofia. Ils ne m'ont pas vu, c'est pas plus mal. C'est jamais trop bon de se présenter à ses voisins dans une telle situation.

On les introduit dans un bureau et enfin, après une autre demi-heure d'attente, nous entrons à notre tour.

Majerus me fait asseoir, il m'enlève les menottes, puis se retire discrètement.

Face à moi, derrière son bureau, il y a un type qui me fixe d'un œil froid. Il a la même tête que les gardiens de Sanem, la cravate en plus. Je présume que c'est lui le juge d'instruction. De l'autre côté de la pièce se tiennent mes voisins Da Silva. Monsieur droit sur sa chaise, puis madame, intimidée, son sac sur les genoux. Et, coincée entre ses deux parents, comme s'ils avaient peur qu'elle s'envole, la petite Sofia.

Elle me fait un gentil sourire.

Comme les Da Silva ne parlent pas luxembourgeois, l'entretien se poursuit spontanément en français.

Le juge me désigne d'un doigt accusateur et interroge la petite Da Silva.

– Tu connais ce monsieur, Sofia ?

– Ben oui. C'est mon voisin.

– Il est gentil ton voisin ?

– Oui, sauf quand j'ai des mauvaises notes en français.

– Pourquoi étais-tu avec lui en voiture ?

– Ben, c'est lui qui m'a ramenée.

– Ramenée d'où ?

– Ben, de chez Monni et Tatta.

– Qui sont ces gens ?

– C'est des qui m'ont emmenée dans leur camionnette pour aller dans leur maison dans les bois.

– Raconte-moi ça.

– J'ai déjà tout raconté plein de fois au monsieur de la police qui est sorti.

– Oui, mais j'aimerais que tu m'expliques ça à moi. Je suis un juge, tu comprends ? C'est très important.

Elle soupire, puis s'exécute.

– Bon, ben voilà. Alors, c'est Tatta qui attendait sur moi à l'école.

Encore cette faute idiote. Cela fait cent fois que je la corrige. Je ne peux m'empêcher de réagir. Déjà que je passe ici pour un criminel, je ne vais pas en plus laisser massacrer la langue française.

– Sofia, on ne dit pas « attendait sur moi », mais « m'attendait ».

– Taisez-vous, monsieur Steiner.

– Monsieur Herman a raison, intervient madame Da Silva, on dit « elle m'attendait ».

Je vois que le juge est sur le point de perdre ses nerfs, il va ouvrir la bouche pour nous imposer le silence quand la porte s'ouvre.

Un petit jeune homme encravaté. Il salue la compagnie.

– Monsieur le juge, messieurs-dames, mademoiselle.

– Vous êtes qui ? interroge le juge.

– Maître Antonio Macedo Carnero. Je représente monsieur Steiner ici présent. Je regrette profondément de ne pas avoir eu l'occasion de m'entretenir préalablement avec lui.

Il arrive comme un chien dans un jeu de quilles, celui-là. Visiblement, le juge aurait préféré se passer de cette visite.

– Vous aurez sans tarder tout le loisir de converser avec votre client, Maître. En attendant, prenez place.

Ainsi c'est lui le copain de Jean-Marc. Je verrai vite ce qu'il vaut. S'il est payé à l'heure, je devrai casser ma tire-lire. L'avocat s'est installé, a sorti un cahier, un stylo Montblanc et attend que la discussion reprenne.

Mais à nouveau la porte s'ouvre et cette fois, c'est Majerus qui passe la tête. Il s'approche du juge et lui cause à l'oreille.

J'entends plusieurs fois le mot « *belsch* », sans plus. Il pourrait causer plus fort, que tout le monde en profite !

Alors que Majerus quitte la pièce, le magistrat consulte son écran, de longues minutes, et enfin son téléphone. Il fronce les sourcils, puis soudain, il se lève et vient présenter l'écran de son smartphone à la petite.

– Tu reconnais ce qu'il y a sur cette photo, Sofia ?

– Ben, oui.

– Qu'est-ce que c'est ?

– C'est mon *Schoulsack*[1].

– Tu en es sûre ?

– Même que c'est celui qui est resté chez Tatta et Moni. Il faut me le rendre. J'en ai besoin pour faire mes devoirs avec monsieur Herman, et qu'en plus il y a dedans Monsieur Dodo.

Puis, le juge fait glisser une autre image sur l'écran.

– Et eux, tu les reconnais ?

– C'est Tata et Monni.

Madame Da Silva qui s'était penchée vers le téléphone plisse les yeux.

– Mais moi aussi, je les connais. Enfin... la dame.

– Ah ?

---

[1] Sac d'école.

– Oui, c'est elle qui gardait Sofia quand elle était bébé. Je voulais une gardienne à domicile. Mais elle s'attachait trop à la petite. Elle n'arrêtait pas de me faire des remarques sur ce que je devais faire ou ne pas faire avec ma fille. Finalement, quand on a déménagé, on a mis Sofia à la crèche. La femme n'était pas contente, elle a insisté pour qu'on lui laisse garder la petite, mais finalement elle a laissé tomber. J'avais oublié cette histoire.

– Et elle s'appelle comment cette dame ?

– Maggy Wagner. Je pense qu'elle habitait Dudelange, comme nous à l'époque.

Le juge d'instruction fouille dans ses papiers...

– Oui, Maggy Wagner, épouse Remesch...

Le gars semble troublé. Je l'interroge.

– Alors ? Donc on les a bien retrouvés, mes deux zigues ?

Il soupire, me fait une sorte de grimace.

– Oui. La police belge les a identifiés. Ils sont à l'hôpital de Libramont. Commotion cérébrale et fracture du crâne... Du beau travail, monsieur Steiner.

Il dit du beau travail, mais sur un ton qui montre qu'il n'en pense rien.

Maître Machinchose intervient. Il a une belle voix grave.

– Monsieur le juge, les investigations de la police belge et les déclarations de la jeune Sofia semblent donc confirmer que celle-ci était effectivement présente dans le chalet de monsieur et madame Remesch.

Le juge, à regret :

– Oui, c'est exact.

– Tout laisse donc à penser que ces derniers sont bien les auteurs de l'enlèvement de Sofia Da Silva.

– En effet.

– Et donc que mon client est totalement innocent de ces allégations qui...

Le juge fait un geste de la main, comme pour se débarrasser d'une chose désagréable qu'il aurait sous le nez.

– Cela suffit, Maître. Je lève les suspicions d'enlèvement et de séquestration qui pesaient sur votre client.

Puis à moi :

– Monsieur Steiner, vous êtes libre.

– J'en suis fort aise.

Le magistrat me fixe alors, l'œil sévère. Il a la tête que faisait mon prof de maths la fois où il m'avait surpris à utiliser une calculette pendant un test. Je trouve ça plutôt drôle.

– Ne vous réjouissez pas trop vite, cher monsieur. Vous restez à la disposition de la justice. Les deux individus précités envisagent de porter plainte contre vous pour coups et blessures.

– Ils ne manquent pas de culot.

– La loi est ainsi faite qu'elle protège aussi les criminels contre les justiciers dans votre genre.

– Si j'avais voulu faire justice, ce n'est pas à l'hôpital qu'ils seraient.

L'avocat, un doigt sur la bouche, me fait signe de me taire.

Nous sortons.

Dans le couloir, la petite Sofia me fait gentiment au revoir de la main, sa maman me sourit, les deux flics me saluent aussi.

Majerus me rend ma montre, mes clés et mon porte-feuille. Le téléphone ce sera pour plus tard.

Il s'excuse du bout des lèvres.

Sans rancune.

Je reste avec l'avocat, Maître Antonio Machinchouette.

– On marche sur des œufs, mais vous allez vous en tirer. Jean-Marc m'en a dit suffisamment sur votre histoire pour que je vous monte un dossier solide. On se reverra demain.

– Je vous dois combien ?

– Si les choses en restent là, rien du tout.

– Vous êtes certain que vous êtes bien avocat ?

Il rit, me tape sur l'épaule.

– Je devais un service à votre frangin ! Allez, venez, je vous reconduis.

III.

Nouveau trajet avec chauffeur, mais sans menottes cette fois.

Je me sens tout guilleret. Sofia a retrouvé ses parents, Tatta et Monni sont à l'hosto, et moi je rentre à la maison. Je suis impatient de raconter tout ça à ma femme.

Mon avocat et moi, on papote.

Antonio est né au Luxembourg, mais il est le fils d'un entrepreneur de Braga qui s'est retrouvé en prison suite aux malversations d'un associé véreux. C'est cela qui l'a poussé à faire du droit. Il m'explique sans rire que, quand il doit défendre des causes perdues, comme la mienne, il les finance en plaidant très cher dans des affaires de divorce. Eh oui, pour les avocats aussi, *business is business*.

Nous voilà arrivés au pied de ma maison, on trouve difficilement une place entre deux voitures mal garées. Ça grouille de monde chez les Da Silva.

– C'est là qu'habite la petite ? me demande l'avocat.

– Oui. Et on dirait que tous les Portugais du coin s'y sont donné rendez-vous pour fêter la bonne nouvelle.

– Je présume qu'ils ne manqueront pas de vous inviter.

– Sans doute, mais pas sûr que j'y aille aujourd'hui. J'ai eu des brettes avec quelques-uns... Trois gars qui sont venus ici même me flanquer une correction.

– Portez plainte.

– Je n'en ai nulle envie. Mais c'est une chose qui m'ennuie.

– Quoi donc ?

– Même si le juge me lâche, il y a sans doute des gens du coin qui vont toujours s'imaginer que c'est moi qui ai enlevé la gamine.

– Ce soir, je dîne avec un ami, journaliste à RTL. Demain, tout le Luxembourg sera au courant du dénouement de l'affaire. Vous n'aurez plus à vous inquiéter pour votre réputation.

– Ma réputation est déjà faite depuis un moment. De là à passer pour un pédophile, je préfère éviter.

– Ne vous inquiétez pas pour ça.

Il a sans doute raison.

– Je vous offre un verre ?

– Non, désolé, je plaide une affaire dans une heure.

On se fait pas la bise, mais presque, tellement je suis soulagé de me retrouver là.

Je rentre la poubelle qui traînait sur la rue depuis trois jours, puis je vide la boîte aux lettres.

J'introduis ma clé dans la serrure, la porte s'ouvre. Une odeur familière, une lumière... Je suis chez moi.

Jamais ma grande maison vide ne m'aura paru aussi accueillante.

ÉPILOGUE

Une fois installé dans ma cuisine, je décompresse. J'ai tout ce dont j'ai besoin : un petit café, un disque de Rachmaninov, ma femme...

Je sirote mon kawa. Lentement, la lumière du jour décroît. L'heure tourne, mais je reste là, laissant mon regard errer distraitement sur ce qui m'entoure dans la pièce : les dessins de la petite, l'alignement des pots d'épices, les jolis aimants placés sur la porte du frigidaire, les photos de nos dernières vacances disposées sur la crédence. Ce sont toutes ces petites choses qui font qu'on se sent bien chez soi. Bien mieux qu'à l'hôtel Formule 1 de Sanem.

Il est plus de vingt heures, mais comme je n'ai pas vraiment faim, je décide de passer au salon.

Je fais le point avec ma femme en sifflant un verre de gin. Je dois dire que je ne l'ai pas volé celui-là. Toute cette histoire, ça m'a un peu retourné. Cette enquête de dingue, avec deux crétins de flics dans les pattes, cette espèce de folle armée de cisailles qui m'aurait bien coupé le pif, ce juge à la con avec ses airs d'inquisiteur. Hier, l'espace d'un instant j'ai même pensé finir mes jours dans les geôles de l'État luxembourgeois.

Quelle aventure !

Il faut bien reconnaître que cela faisait longtemps que je ne m'étais pas à ce point motivé pour un truc. Cette semaine, je ne me suis pas emmerdé une seconde. Le kidnapping d'une petite voisine, ça n'arrive pas tous les jours ! Et une folle enquête comme celle-là non plus !

Mon verre est vide. Le glaçon fond lentement dans le fond. Je le fais tourner, distraitement.

Je crois que tant que ma femme ne regarde pas, je vais me servir un deuxième gin.

D'ailleurs, il est temps que je vous laisse. Faut que je réfléchisse. J'ai des projets.

Demain, c'est farniente.

Puis, c'est promis, je me bouge enfin. Dans le fond, rester ainsi à la maison à glander, ça ne me vaut rien. Je vais me chercher un boulot...

Un truc pépère, où je peux rentrer tôt les mardis et les jeudis... Ben oui, c'est qu'y a les devoirs de la petite... Faudrait pas qu'elle en prenne trop à son aise !

À PROPOS DE L'AUTEUR

Historien, scénariste et dessinateur de bandes dessinées, Pierre Decock s'est lancé en 2007 dans le roman policier et le thriller. Il remporte alors avec « *Toccata* » le prix des lecteurs de la Grande Région. Peu après paraissent les premières aventures de Joao Da Costa, un jeune inspecteur luxembourgeois confronté dans « *De profundis* » à un insaisissable tueur en série. D'autres polars ont suivi, mêlant suspense, humour et mystère. La plupart ont pour cadre le Luxembourg, un pays que l'auteur connaît bien, puisqu'il y vit depuis plus de 30 ans.

DANS LA MÊME COLLECTION

9 789998 772571